老殘遊記

The Travels of Lao Can

黑妞白妞

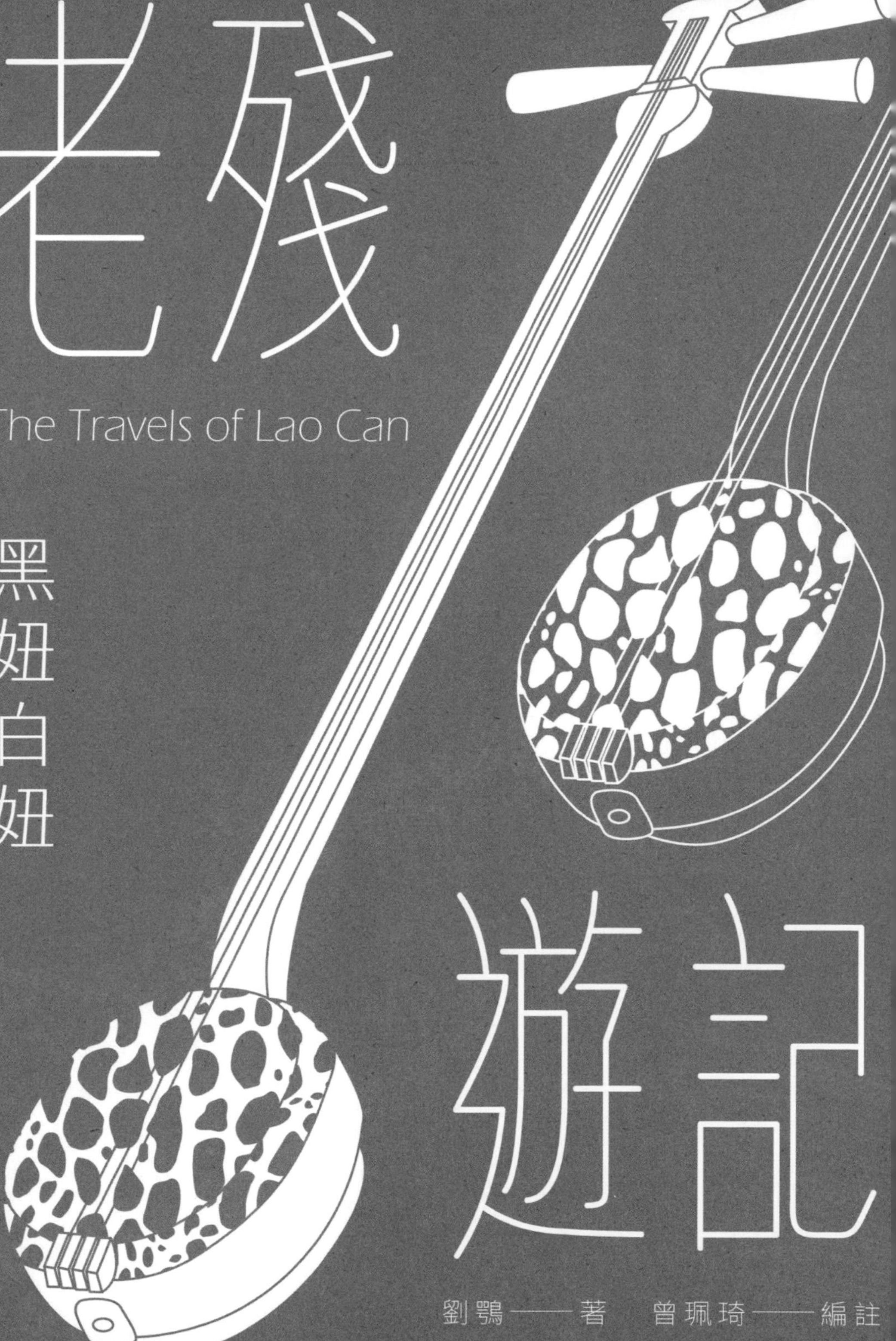

劉鶚——著　曾珮琦——編註

導讀

《老殘遊記》——影響甚廣的晚清小說

曾珮琦

相信《老殘遊記》這部小說，很多人都不會感到陌生，尤其是〈明湖居聽書〉一段，裡面描寫的王小玉聽書更是傳神。在我就讀高中時，大約是西元一九九七至一九九九年間，直至現在，高中課本都有收錄這篇文章。令我印象最深刻的是：「王小玉便啓朱唇，發皓齒，唱了幾句書兒。聲音初不甚大，只覺入耳有說不出來的妙境。五臟六腑裡，像熨斗熨過，無一處不伏貼。三萬六千個毛孔，像吃了人參菓，無一個毛孔不暢快。」〈第二回〉這段文字描寫王小玉唱功了得，不直接說她唱得如何，因為聲音本來就是抽象的，很難用具體的文字來準確的表達，加上每個人的感受又略有不同，作者透過誇飾的手法來形容王小玉說書，令聽眾全身上下從裡到外無一處不舒暢。由此可見作者的敘事功力十分了得，讀這本《老殘遊記》更令人有種想要知道後續發展的慾望，不知不覺就一回接一回，一章接一章的讀了下去，直至結尾，又覺得篇幅太過短小，總希望作者能多寫一些。這就不難了解為何在不受關注的晚清小說中，《老殘遊記》能影響深遠，並且被翻譯為多國語言，諸如：英文、日文、俄文等，在國際間也深受社會大眾稱讚，可見《老殘遊記》是一本膾炙人口的小說，即使到了今天，也不可忽略《老殘遊記》的價值，是一本不可不讀的小說。

寫實小說：反映社會現實、揭露時弊

本書名為《老殘遊記》，實則是藉由遊記之名反映當時的社會現實，特別是揭露酷吏對於老百姓的荼毒。酷吏又分為貪官與清官兩種，貪官就是收受賄賂，想盡辦法斂財的官員；清官不收賄賂，這種官員自以為清廉就能為所欲為，審判案件不求查明真相，為了破案不惜屈打成招。作者認為清官對於老百姓的荼毒遠甚於貪官，貪官對百姓的迫害人人皆知，然而清官對於百姓的迫害卻很少人提到，所以作者特別對這種官員加以著墨。書中提到的曹州知府玉賢、剛弼皆是這類清官，剛弼在審賈家十三口離奇中毒命案時，就因賈家人告發，說此命案是賈家的媳婦賈魏氏與人通姦，用毒藥謀害一家十三口性命，加上賈魏氏的娘家拿錢託人到官府行賄，剛弼因此認定賈家命案定是賈魏氏所為，仗著自己不收賄賂，便向賈魏氏和她的父親施以酷刑，賈魏氏不忍父

✦左圖為1941年日文版《老殘遊記》；右圖為1952年英文版的《老殘遊記》。

親受此酷刑，所以才屈打成招。〈第十六回〉除了描寫酷吏迫害百姓的殘忍作風之外，對於治理黃河、宋明儒者的批評以及庚子拳亂、八國聯軍對於中國的侵略等描寫都是非常精采，可見作者是藉由這些事情來表達自己的思想與抒發胸襟懷抱。

作者劉鶚生平介紹

劉鶚，字鐵雲，生於西元一八五七年，卒於西元一九〇九年，筆名洪都百鍊生，清朝末年丹徒縣人。他對八股文深惡痛絕，無意參加科舉獲得功名。在西元一九〇〇年庚子事變時，他向聯軍購買倉粟，以平價販售給百姓，以解北京飢荒之危。西元一九〇八年，因他私

劉鶚像。

自販售倉粟罪被清廷逮捕，後流放至新疆，病死於迪化。享年五十三歲。

作者劉鶚經歷了光緒二十六年庚子義和團事變（西元一九〇〇年），八國聯軍攻入北京等事件，使得他覺得應該透過小說的寫作喚醒中國人，讓大家知道現在面臨的困局。在〈第一回〉作者自評中提到：「舉世皆病，又舉世皆睡。眞正無

下手處，搖串鈴先醒其睡。」「串鈴」在《老殘遊記》中具有「喚醒」的意義，在本書中可分為三個層次來作解析：第一，「串鈴」是書中主人翁老殘（補殘）搖鈴行醫的謀生工具。第二，老殘就是扮演著「喚醒」的角色，作者欲藉老殘喚醒當時中國人的危機意識。老殘透過遊歷行醫揭露酷吏殘害百姓的罪行，喚醒百姓認清像是玉賢這種打著清官的名號，實際上卻荼毒老百姓官吏的嘴臉。第三，藉由《老殘遊記》這本書喚醒中國同胞，國家正面臨著被外國強敵侵略的威脅，要大家正視問題癥結所在，並且予以解決，才能挽救國家危機。因此，我們可以說在《老殘遊記》中，「串鈴」象徵著「喚醒」，它不僅喚醒老百姓看清酷吏的嘴臉，更要喚醒沉睡中的中國人，看清自己國家正在面臨的問題與危機。

現在再來談談，作者劉鶚筆下老殘這個角色的性格，他是在封建的官僚體制中的一股清流，人人都想要作官，不惜花錢捐個官位，而

老殘卻對官位權利不屑一顧。張宮保一直力邀他出任自己的幕僚，並且對他極為禮遇，老殘卻一直堅持不肯出仕，不肯同流合汙。不僅如此，文案委員申東造送了一件白狐裘給老殘，硬是被他退還給申東造。退還的理由是：他是個在大街上搖串鈴行醫的江湖郎中，穿件白狐裘太過貴重，不符合他市井小民的身份。由此可見，老殘並非是個愛慕虛榮、貪圖富貴的人，不符合他身分的東西，他是不會接受的，和那些當官的老爺們，喜歡搞些排場的做派是截然不同。老殘所扮演的就是在封建迂腐的官僚體系中的一股清流，他雖然與官員打交道卻不屑同流合汙，如屈原所說：「舉世皆濁我獨清，眾人皆醉我獨醒。」（《楚辭．漁父》）。

作者藉由老殘這個角色表達其思想，以及他的處世態度，書中關於治病救人、治理黃河都很有自己獨到的見解，歸因於作者劉鶚精通數學、醫學、水利，他曾行醫經商，修築鐵路，並辦治黃河有功，他更在書中表現出憂國憂民、為百姓發聲的態度。

《老殘遊記》的編制與版本介紹

本書是劉鶚晚年所寫，在西元一九〇六年完稿。起初在商務印書館刊行的《繡像小說》半月刊中連載到第十回因故中止；後又在《天津日日新聞》以專欄形式刊登，在原有的十回又續寫了十回，這就是《老殘遊記》初編二十回的由來。光緒三十一年時，又在《天津日日新聞》發表了《老殘遊記》二編共九回。《老殘遊記》的殘稿是在劉鶚過世二十年後，在他天津的住所發現的，即是《老殘遊記》外編。除此之外，劉鶚也為第一回至第十七回寫了十五則的評點，好讀出版的《老殘遊記》亦將這十五則評點收錄在每一回的後面，為了讓讀者在閱讀時方便參照，遂附上註解，其餘有收錄評點的版本，並未附上註釋，此亦為本版本的特色之一。除了劉鶚的自評之外，筆者也收錄了胡適之先生對《老殘遊記》的評語，這篇文章是收錄於陸衣言先生編校的《老殘遊記》，上海文明書局出版的版本中。陸先生所編校的《老殘遊記》主要是收錄第一回後半，第二回、第三回以及第十二回部分內容，有別於今之所見的《老殘遊記》初編、

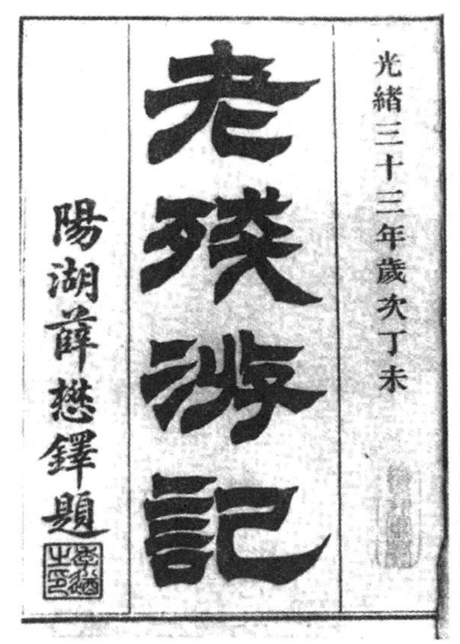

✦光緒三十三年（1907）上海神州日報館排印本的《老殘遊記》。

二編與外編的內容，因此胡適之先生的評語也僅對於《老殘遊記》第二回、第三回以及第十二回的內容加以點評，雖然如此，對於想要研讀《老殘遊記》的讀者，仍提供了寶貴的參考資料。有關《老殘遊記》的敘事功力與寫作技巧，胡適之先生在其評語中，有極其詳細的論述，筆者在此就不再贅述。

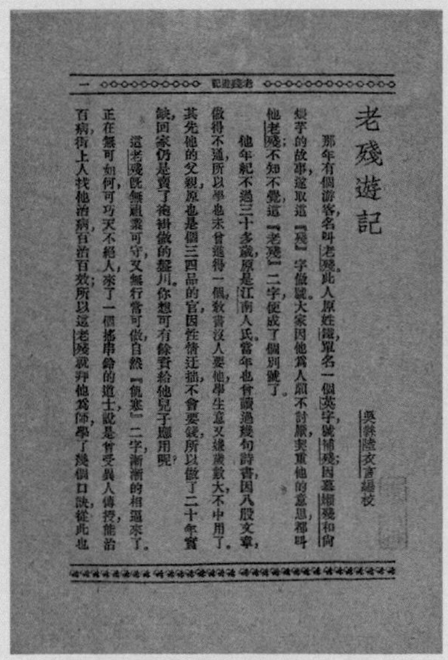
老殘遊記 一

老殘遊記

吳縣陸衣言編校

那年有個游客，名叫老殘。此人原姓鐵，單名一個英字，號補殘；因慕懶殘和尚煨芋的故事，遂取這「殘」字做號。大家因他為人頗不討厭，契重他的意思，都叫他老殘；不知不覺，這「老殘」二字，便成了個別號了。

他年紀不過三十多歲，原是江南人氏。當年也曾讀過幾句詩書，因八股文章做得不通，所以學也未曾進得一個，教書沒人要他，學生意又嫌歲數大，不中用了。其先他的父親，原也是個三四品的官，因性情迂拙，不會要錢，所以做了二十年實缺，回家仍是賣了袍褂做的盤川。你想，可有餘資給他兒子應用呢？

這老殘既無祖業可守，又無行當可做，自然「飢寒」二字，漸漸的相逼來了。正在無可如何，可巧天不絕人，來了一個搖串鈴的道士，說是曾受異人傳授，能治百病，街上人找他治病，百治百效；所以這老殘就拜他為師，學了幾個口訣，從此也

1926年出版，陸衣言編校之《老殘遊記》內頁。

好讀出版的《老殘遊記》，筆者所採用的版本主要有兩個：一是，世一文化出版的《老殘遊記》（台南：世一文化事業股份有限公司，二〇二〇年十一月二版），採用這個版本的理由是，該書是根據《天津日日新聞》刊載的版本為依據，並參校《繡像小說》，輔以其他版本為依據，其所參照的版本為最早，大體上來說是比較貼近《老殘遊記》原貌的，具有參考價值；另一個則是田素蘭校注《老殘遊記》（台北：三民書局，二〇二〇年十月三版一刷），該版本採用胡適之先生作序的《老殘遊記》版本，這個版本最為完善，亦具有參考價值。

由於《老殘遊記》的版本眾多，文字上難免有不統一的情形，筆者在此略作說明：第一，有關人名部份，《老殘遊記》中所提到的張勤果，即張曜。有版本作「莊勤果」、「莊宮保」，皆是指此人，為了統一起見，為免諸君疑惑，內文皆改為「張宮保」，惟作者評點部分，為了保留原貌，故仍保留「莊勤果」、「莊宮保」，特此說明。第二，有關異體字、通同字的問題。各版本多有異體字、通同字或詞，例如「纔」，今通用「才」；「却」，今通用「卻」。「這們」今通用「這麼」。「分付」今通用「吩咐」。由於這些字在書中頻繁出現，除了比較特殊的異體字予以保留外，其餘皆直接改為今通用字。第三，參照善本書版本。第一回前半，第二回全部，第十二回部分是根據陸衣言編校《老殘遊記》（上海：上海文明書局，一九二六年八月出版），保留書中所用的異體字部份。

評語

附胡適之先生的評語

《老殘遊記》最擅長的是描寫的技能；無論寫人寫景，作者都不肯用套語爛調，總想鎔鑄新詞，作實地的描畫。在這一點上，這部書可算是前無古人了。

如寫王小玉唱書的音韻，是很大膽的嘗試。音樂只能聽，不容易用文字寫出，所以不能不用許多具體的物事來作譬喻※1。劉鶚先生在這一段裡，連用七八種不同的譬喻，用新鮮的文字，明瞭的印象，使讀者從這些逼人的印象裡感覺那無形象的音樂的妙處。這一次的嘗試，總算是很有成功的了。

又如寫黃河上打冰的景致，全是白描。這種白描※2工夫，眞不容易學。只有精細的觀察，能供給這種描寫的底子；只有樸素新鮮的活文字，能供給這種描寫的工具。

編者※3附誌

讀者看了適之先生的三段評語，可以知道《老殘遊記》的文學價值了。

註

※1譬喻：利用兩件事物的相似點，用甲來說明乙，通常是以容易瞭解的東西來說明難以了解的事物或道理，以具體說明抽象。

※2白描：不加雕飾，不用典故，使用精簡老練的語言進行描述的文學創作手法。

※3編者：本篇評語收錄於陸衣言編校《老殘遊記》（上海文明書局，民國十五年八月出版）中，編者指的是負責編校本書的陸衣言先生。這個版本只有收錄現今通行本中的第一回部分、第二回、第三回以及第十二回部分。

如何閱讀本書

詳細註釋：
解釋艱難字詞，隨文直書於左側，並於文中以※記號標號，以供對照。

閱讀性高的原典：
將一百回原典分為五大分冊，版面美觀流暢、閱讀性強。

列出各回回目
便於索引翻閱

第一回 木土不制水歷年成患 風能鼓浪到處可危

話說山東登州府※1東門外有一座大山，名叫蓬萊山※2。山上有個閣子，名叫蓬萊閣。◎1這閣造得畫棟飛雲，珠簾捲雨，十分壯麗。西面看城中人戶，煙雨萬家；東面看海上波濤，崢嶸※5千里。所以城中人士往往於下午攜尊挈酒※6，在閣中住宿，準備次日天未明時，看海中出日，習以為常。這且不表。

卻說那年有個遊客，名叫老殘。此人原姓鐵，單名一個英字，號補殘。因慕懶殘和尚煨芋的故事※7，遂取這「殘」字做號。大家因他為人頗不討厭，契重他的意思，都叫他老殘。不知不覺，這「老殘」二字便成了個別號了。他年紀不過三十多歲，原是江南人氏。當年也曾讀過幾句詩書，因八股文章※8做得不通，所以學也未曾進得一個，教書沒人要他，學生意又嫌歲數大，不中用了。其先他的父親原也是個三四品的官，因性情迂拙，不會要

◆蓬萊相傳是仙人之住所，圖為清代袁耀所繪的蓬萊仙境圖。

註

※1登州府：為明、清時期的府。治所在蓬萊縣（今山東省煙臺市蓬萊區）。
※2蓬萊山：相傳渤海中仙人居住的山。
※3白樂天：即白居易。（西元七七二年至八四六年）字樂天，號香山居士，唐下邽人（今陝西渭南縣附近），生於唐代宗大曆七年，卒於武宗會昌六年。文章精闢深切，特別擅長寫詩，作品平易近人，老婦人都能讀得懂，是新樂府運動的倡導者。
※4我是玉皇香案吏，謫居猶得住蓬萊：出自唐代元稹的詩作〈以州宅誇於樂天〉。這兩句詩意思是說：我本是玉皇大帝身邊隨侍的官員，被貶謫下凡後還能住在蓬萊這座仙島上。元稹（西元七七九年至八三一年），字微之，唐河南（今河南省洛陽縣）人。穆宗時拜相。他的詩平易近人，與白居易齊名，世稱元白。著有《元氏長慶集》。
※5崢嶸：山勢高峻突出的樣子。
※6攜尊挈酒：拿著酒杯和酒。尊，酒器。挈讀作「妾」，提、舉之意。
※7懶殘和尚煨芋的故事：有一個法號為懶殘的和尚，經常撿別人吃剩的食物。一個叫李泌的人，有一晚正巧遇見懶殘和尚用牛糞生火煨芋頭吃，懶殘和尚看見李泌就拿剩下的半個給他吃，並預言說：要他謹言慎行，可做十年的宰相。之後果然應驗，李泌做了唐德宗的宰相。事見《續高僧傳》。
※8八股文章：古代科舉考試所用的文體。

◎1：白樂天※3云：「我是玉皇香案吏，謫居猶得住蓬萊。」※4此書由蓬萊閣起，可知本是仙吏謫落人間。（劉鶚評）

名家評點：
選收不同名家之評點，隨文橫書於頁面的下方欄位，並於文中以◎記號標號，以供對照。

彩圖：
古籍版畫、名人墨寶、相關照片等精緻彩圖，使讀者融入小說情境。

圖說：
說明性和評點性的圖說，提供讀者理解。

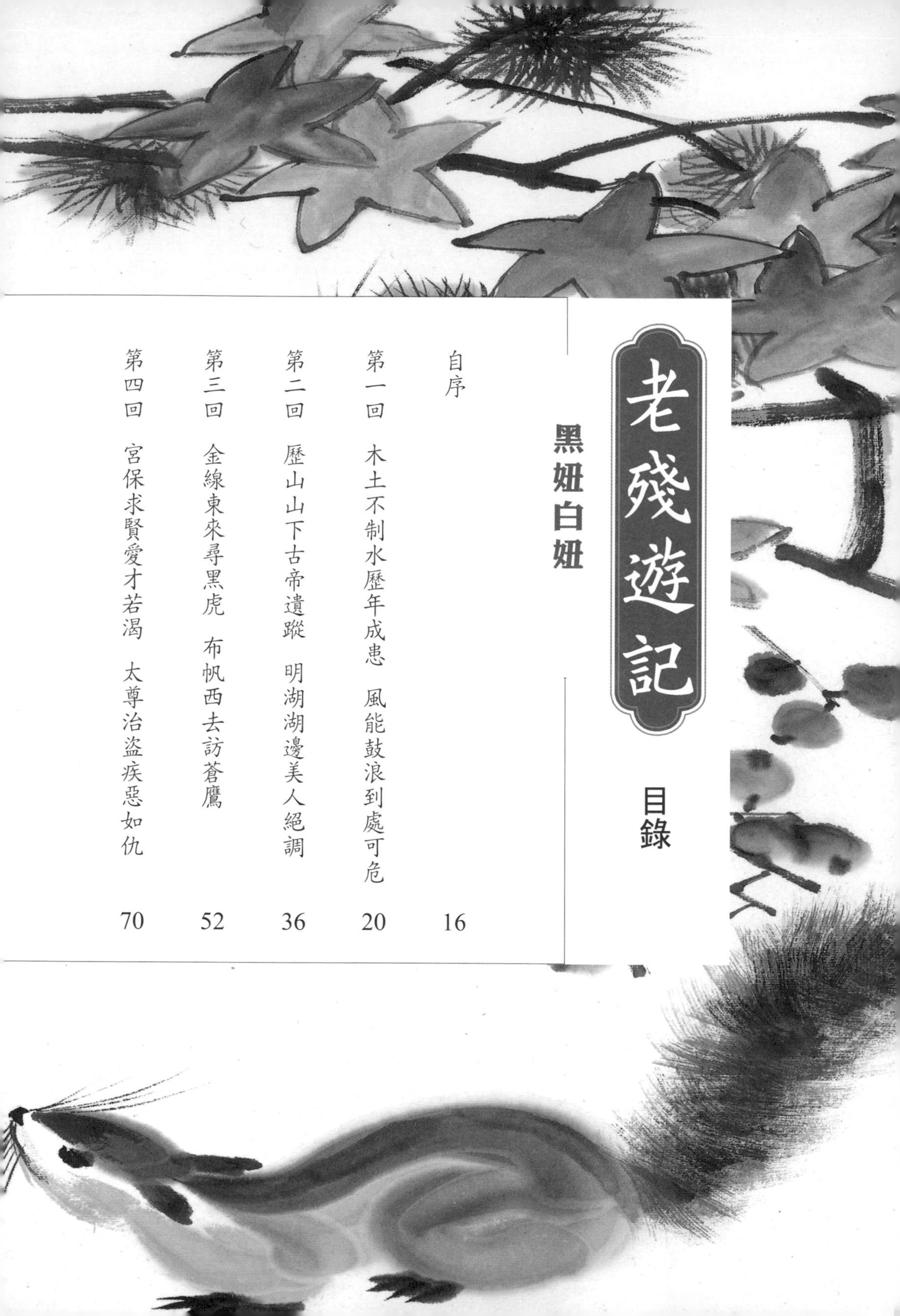

老殘遊記

黑妞白妞

目錄

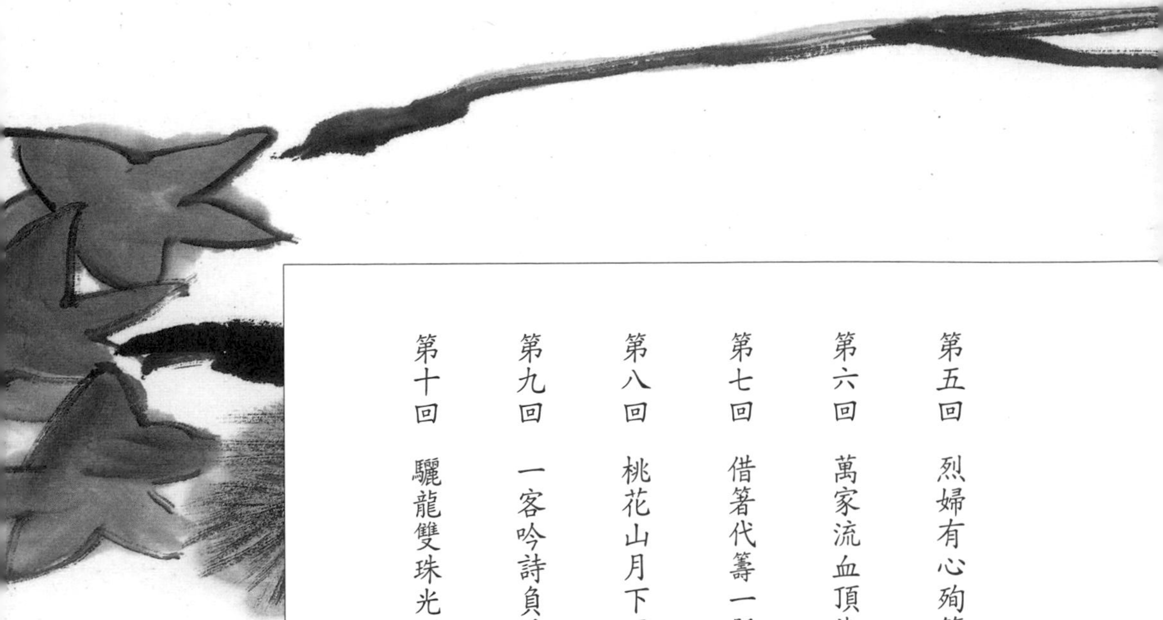

自序

嬰兒墮地，其泣也呱呱[※1]；又其老死，家人環繞，其哭也號啕[※2]。然則哭泣也者，固人之所以成始成終也。其間人品之高下，以其哭泣之多寡為衡。蓋哭泣者，靈性之現象也，有一分靈性即有一分哭泣，而際遇之順逆不與焉。

馬與牛，終歲勤苦，食不過芻秣[※3]，與鞭策相終始，可謂辛苦矣，然不知哭泣，靈性缺也。猿猴之為物，跳擲於深林，厭飽乎梨栗，至逸樂也，而善啼；啼者，猿猴之哭泣也。故博物家云：「猿猴，動物中性最近人者，以其有靈性也。」古詩云：「巴東三峽巫峽長，猿啼三聲斷人腸。」其感情為何如矣！

靈性生感情，感情生哭泣。哭泣計有兩類：一為有力類、一為無力類。癡兒騃女[※4]，失果則啼，遺簪亦泣，此為無力類之哭泣；城崩杞婦之

杞婦即為孟姜女，圖為孟姜女哭長城插畫，（圖片來源：宋《列女列傳》內插畫。）

哭※5，竹染湘妃之淚※6，此有力類之哭泣也。有力類之哭泣又分兩種：以哭泣為哭泣者，其力尚弱；不以哭泣為哭泣者，其力甚勁，其行乃彌遠也。《離騷》※7為屈大夫之哭泣，《莊子》※8為蒙叟※9之

註

※1呱呱：讀作「哇哇」。擬聲詞，形容嬰孩的啼哭聲。
※2號啕：即嚎啕。大聲哭。也作「號咷」。
※3芻秣：飼養牛馬的草料。
※4騃女：此指癡傻的女童。騃，讀作「捱」。癡呆、愚笨的樣子。
※5城崩杞婦之哭：春秋時齊大夫杞梁戰死，其妻於城下大哭十日，城牆爲之倒塌。待其夫下葬後，投水而死。此故事即爲著名的《孟姜女》。
※6竹染湘妃之淚：相傳舜死後，其二妃娥皇、女英因思帝傷痛，淚沾湘江畔上的竹子，投江而死。
※7《離騷》：戰國時屈原所作。《楚辭》篇名。屈原因小人讒言而被流放時，心懷憂愁幽思，以表明他的愛國心志故作此篇。
※8《莊子》：戰國時莊子撰。其書闡發《老子》道家思想，多使用寓言以寄託深奧的義理。
※9蒙叟：莊子的別名。戰國時宋國蒙人，生卒年不詳。曾爲蒙漆園吏，故也稱爲「蒙吏」、「蒙莊」、「蒙叟」。

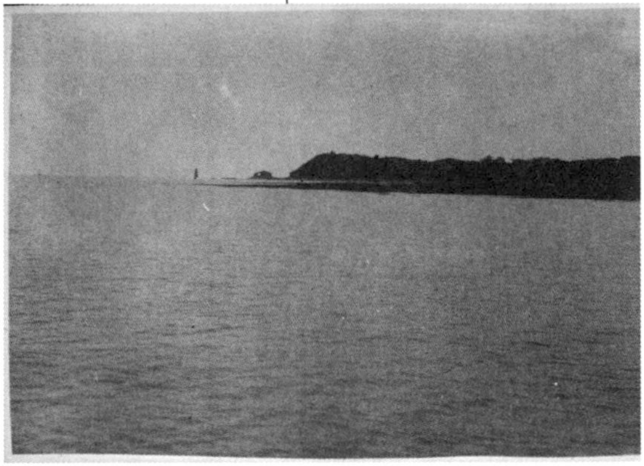

圖中島為洞庭湖上的君山島，君山島即為湘山島，島上有祭祀娥皇女英的二妃墓。（圖片來源：《亞東印畫輯》第24冊，1943年出版）

哭泣，《史記》※10為太史公※11之哭泣，《草堂詩集》※12為杜工部※13之哭泣。李後主※14以詞哭，八大山人※15以畫哭。王實甫※16寄哭泣於《西廂》※17，曹雪芹※18寄哭泣於《紅樓夢》※19。王之言曰：「別恨離愁，滿肺腑，難淘瀉，除紙筆，代喉舌，我千種相思向誰說？」曹之言曰：「滿紙荒唐言，一把辛酸淚，都云作者癡，誰解其中意？」名其茶曰「千芳一窟」，名其酒曰「萬豔同杯」者；千芳一哭，萬豔同悲也。

吾人生今之時，有身世之感情，有家國之感情，有社會之感情，有種教之感情。其感情愈深者，其哭泣愈痛。此鴻都百鍊生※20所以有《老殘遊記》之作也。

棋局已殘，吾人將老，欲不哭泣也得乎？吾知海內千芳，人間萬豔，必有與吾同哭同悲者焉！

曹雪芹之哭——《紅樓夢》。（圖片來源：好讀出版）

註

※10《史記》：漢朝司馬遷撰。一百三十卷。起自黃帝，訖漢武帝，分爲本紀十二、表十、書八、世家三十、列傳七十。爲二十四史之一，爲中國第一部紀傳體的史書。

※11太史公：此指《史記》的作者司馬遷。

※12《草堂詩集》：杜甫的詩集，他曾在浣花溪畔築一草堂，稱爲浣花草堂，所以將他的詩集命名爲《草堂詩集》。

※13杜工部：指杜甫。杜甫（西元七一二至七七〇年），字子美，號少陵，有「詩聖」之稱。唐代詩人。祖籍湖北襄陽，出生於河南鞏縣。官左拾遺、工部員外郎，故也稱爲「杜工部」。

※14李後主：南唐後主李煜，世稱爲「李後主」。李煜（西元九三六至九七八年），字重光，初名從嘉，爲南唐中主李璟的第六子。尤爲擅長詩詞書畫，他的詞作善以白描抒情，情感眞切，王國維《人間詞話》評爲神秀。

※15八大山人：清代書畫家朱耷（讀作「搭」）的別號。朱耷（西元一六二六至一七〇五年），字雪箇，號个山，明宗室。明亡後，曾剃髮爲僧，因常持《八大人覺經》，故又號八大山人。工書法，尤善畫山水、花鳥、竹木，豪邁自然，不拘形式，爲一代宗匠。

※16王實甫：名德信，生卒年不詳，元大都（今北平市）人。著有《西廂記》。

※17《西廂》：即《西廂記》。元代王實甫作。依據唐代元稹《鶯鶯傳》改編，演張君瑞與崔鶯鶯的戀愛故事，詞曲纏綿淒美。

※18曹雪芹：曹雪芹（西元一七一九至一七六四年），名霑，字夢阮，號芹溪、芹圃，清漢軍正白旗人，曹寅之孫。擅長作詩繪畫。著有《紅樓夢》。

※19《紅樓夢》：清代著名的章回小說，一二〇回。內容描寫一個世家大族賈氏的興衰，以敘寫賈寶玉、林黛玉、薛寶釵及其他戚屬侍婢的悲歡生死爲輔，爲近代小說的傑作。

※20鴻都百鍊生：指本書作者劉鶚。劉鶚（西元一八五七至一九〇九年），原名孟鵬，字雲摶，後改名爲鶚，字鐵雲，又字公約，筆名洪都百鍊生，後人稱之爲「老殘」，清丹徒人。性格豪爽，喜好結交朋友，厭棄八股文，精通數學、醫學、水利。曾行醫經商，修築鐵路，並辦治黃河有功。後因私自販售倉粟罪被流放至新疆，病死於迪化。享年五十三歲。著《老殘遊記》、《鐵雲藏龜》等。

第一回　木土不制水歷年成患　風能鼓浪到處可危

話說山東登州府※1東門外有一座大山，名叫蓬萊山※2。山上有個閣子，名叫蓬萊閣。◎1這閣造得畫棟飛雲，珠簾捲雨，十分壯麗。西面看城中人戶，煙雨萬家；東面看海上波濤，崢嶸※5千里。所以城中人士往往於下午攜尊挈酒※6，在閣中住宿，準備次日天未明時，看海中出日，習以為常。這且不表。

卻說那年有個遊客，名叫老殘。此人原姓鐵，單名一個英字，號補殘。因慕嬾殘和尚煨芋的故事※7，遂取這「殘」字做號。大家因他為人頗不討厭，契重他的意思，都叫他老殘。不知不覺，這「老殘」

蓬萊相傳是仙人之住所，圖為清代袁耀所繪的蓬萊仙境圖。

二字便成了個別號了。他年紀不過三十多歲，原是江南人氏。當年也曾讀過幾句詩書，因八股文章※8做得不通，所以學也未曾進得一個，教書沒人要他，學生意又嫌歲數大，不中用了。其先他的父親原也是個三四品的官，因性情迂拙，不會要

註

※1登州府：爲明、清時期的府。治所在蓬萊縣（今山東省煙臺市蓬萊區）。

※2蓬萊山：相傳渤海中仙人居住的山。

※3白樂天：即白居易。（西元七七二年至八四六年）字樂天，號香山居士，唐下邽人（今陝西渭南縣附近），生於唐代宗大曆七年，卒於武宗會昌六年。文章精闢深切，特別擅長寫詩，作品平易近人，老婦人都能讀得懂，是新樂府運動的倡導者。

※4我是玉皇香案吏，謫居猶得住蓬萊：出自唐代元稹的詩作〈以州宅誇於樂天〉。這兩句詩意思是說：我本是玉皇大帝身邊隨侍的官員，被貶謫下凡後還能住在蓬萊這座仙島上。元稹（西元七七九年至八三一年），字微之，唐河南（今河南省洛陽縣）人。穆宗時拜相。他的詩平易近人，與白居易齊名，世稱元白。著有《元氏長慶集》。

※5崢嶸：山勢高峻突出的樣子。

※6攜尊挈酒：拿著酒杯和酒。尊，酒器。挈讀作「妾」，提、舉之意。

※7嬾殘和尚煨芋的故事：有一個法號爲嬾殘的和尚，經常撿別人吃剩的食物。一個叫李泌的人，有一晚正巧遇見嬾殘和尚用牛糞生火煨芋頭吃，嬾殘和尚看見李泌就拿剩下的半個給他吃，並預言說：要他謹言慎行，可做十年的宰相。之後果然應驗，李泌做了唐德宗的宰相。事見《續高僧傳》。

※8八股文章：古代科舉考試所用的文體。

評批

◎1：白樂天※3云：「我是玉皇香案吏，謫居猶得住蓬萊。」※4此書由蓬萊閣起，可知本是仙吏謫落人間。（劉鶚評）

錢，所以做了二十年實缺，回家仍是賣了袍褂做的盤川※9。你想，可有餘資給他兒子應用呢？

這老殘既無祖業可守，又無行當可做，自然「飢寒」二字漸漸的相逼來了。正在無可如何，可巧天不絕人，來了一個搖串鈴※10的道士，說是曾受異人傳授，能治百病，街上人找他治病，百治百效。所以這老殘就拜他為師，學了幾個口訣。從此也就搖個串鈴，替人治病餬口去了，奔走江湖近二十年。◎2

這年剛剛走到山東古千乘※11地方，有個大戶，姓黃，名叫瑞和，害了一個奇病。渾身潰爛，每年總要潰幾個窟窿。今年治好這個，明年別處又潰幾個窟窿。經歷多年，沒有人能治得這病，每發都在夏天，一過秋分，就不要緊了。

那年春天，剛剛老殘走到此地，黃大戶家管事的，問他可有法子治這個病，他說：「法子儘有，只是你們未必依我去做。今年權且略施小技，試試我的手段。若要此病永遠不發，也沒有什麼難處，只須依著古人方法，那是百發百中的。別的病是神農※12、黃帝※13傳下來的方法，只有此病是大禹※14傳下來的方法。後來唐朝有

黃瑞和病癒，大家向老殘致謝。（圖片來源：《老殘遊記》編校本，1926年出版）

個王景※15得了這個傳授，以後就沒有人知道此方法了。今日奇緣，在下倒也懂得些個。」於是黃大戶家遂留老殘住下替他治病。說也奇怪，這年雖然小有潰爛，卻是一個窟窿也沒有出過。為此，黃大戶家甚為喜歡。

看看秋分已過，病勢今年是不要緊的了。大家因為黃大戶不出窟窿，是十多年來沒有的事，異常快活，就叫了個戲班子，唱了三天謝神的戲。又在西花廳上，搭

註

※9盤川：旅費。也稱爲「盤纏」。
※10串鈴：在江湖中行醫或算命的人用來招呼顧客的器具。多用銅或鐵製成，搖動時可以發出聲音。
※11千乘：漢代郡名。今山東省歷城縣至益郡縣一帶。
※12神農：中國傳說中上古的帝王，發明翻土播種農具，教民種植五穀，振興農業，口嚐百草，始作方書，以療民疾，爲傳說中務農、製藥的創始人，故稱爲「神農」。
※13黃帝：上古帝王軒轅氏的稱號。姓公孫，生於軒轅之丘，故稱爲「軒轅氏」。黃帝與暴虐的蚩尤戰於涿鹿，將他擒獲並且誅殺他，諸侯尊黃帝爲天子，以取代神農氏，成爲天下的共主。
※14大禹：夏代開國的君主，在位八年。顓頊之孫，因平治洪水有功，受舜禪讓爲天子，世稱爲「大禹」。
※15王景：生卒年不詳。字仲通，生於水利世家。王景曾任廬江太守。漢明帝時，永平十二年（西元六九年），曾派他去治理黃河，解決水患。

評批

◎2：舉世皆病，又舉世皆睡。真正無下手處，搖串鈴先醒其睡。無論何等病症，非先醒無治法。具菩薩婆心，得異人口訣，鈴而曰串，則盼望同志相助，心苦情切。（劉鶚評）

了一座菊花假山。今日開筵，明朝設席，鬧的十分暢快。

這日，老殘吃過午飯，因多喝了兩杯酒，覺得身子有些困倦，就跑到自己房裡一張睡榻上躺下，歇息歇息。才閉了眼睛，看外邊就走進兩個人來，一個叫文章伯，一個叫德慧生。這兩人本是老殘的至友，一齊說道：「這麼長天大日的，老殘，你蹲在家裡做甚？」老殘連忙起身讓坐，說：「我因為這兩天困於酒食，覺得怪膩的慌。」二人道：「我們現在要往登州府去，訪蓬萊閣的勝景，因此特來約你。車子已替你雇了，你趕緊收拾行李，就此動身罷。」老殘行李本不甚多，不過古書數卷，儀器幾件，收檢也極容易，頃刻之間便上了車。無非風餐露宿，不久便到了登州，就在蓬萊閣下覓了兩間客房，大家住下，也就玩賞玩賞海市的虛情，蜃樓※16的幻相。

老殘的至友文章伯與德慧生。（圖片來源：《繪圖老殘遊記》，1934年出版）

次日，老殘向文、德二公說道：「人人都說日出好看，我們今夜何妨不睡，看一看日出何如？」二人說道：

「老兄有此清興，弟等一定奉陪。」

秋天雖是晝夜停勻時候，究竟日出日入，有蒙氣傳光※17，還覺得夜是短的。三人開了兩瓶酒，取出攜來的肴饌。一面吃酒，一面談心，不知不覺，那東方已漸漸發大光明了。其實離日出尚遠，這就是蒙氣傳光的道理。三人又略談片刻，德慧生道：「此刻也差不多是時候了，我們何妨先到閣子上頭去等呢？」文章伯說：「耳邊風聲甚急，上頭窗子太敞，恐怕寒冷，比不得這屋子裡暖和，須多穿兩件衣服上去。」

各人照樣辦了，又都帶了千里鏡※18，攜了毯子，由後面扶梯曲折上去。到了閣子中間，靠窗一張桌子旁邊坐下，朝東觀看，只見海中白浪如山，一望無際。東

註

※16蜃樓：即海市蜃樓。是一種物理現象，由於光線通過不同密度的空氣層，發生折射或反射作用，而使得遠處的景物影像被投映在空中或地面上。這種現象多在夏天時的沿海一帶或沙漠中出現。傳說蜃能吐氣而形成樓臺城市等景觀，故名爲「海市蜃樓」。

※17蒙氣傳光：蒙氣，地球外的大氣，帶有水分，即霧氣。太陽將升起之前與夕陽剛落下之後，光線雖然不能直接照射大地，地上仍相當明亮，這是因爲空中大氣的折光作用所致。

※18千里鏡：即望遠鏡。觀察天體或遠處物體的儀器。下文亦稱「遠鏡」。

✦蓬萊閣坐落在山東省煙台地區的蓬萊市城北海邊的山崖上，是一個建於懸崖上的名勝。（圖片來源：《亞東印畫輯》第5冊，1930年出版）

北青煙數點，最近的是長山島，再遠便是大竹、大黑等島了。那閣子旁邊風聲呼呼價※19響，彷彿閣子都要搖動似的。天上雲氣一片一片價疊起，只見北邊有一片大雲，飛到中間，將原有的雲壓將下去。並將東邊一片雲擠的越過越緊。越緊越不能相讓，情狀甚為譎詭。過了些時，也就變成一片紅光了。

慧生道：「殘兄，看此光景，今兒日出是看不著的了。」老殘道：「天風海水，能移我情，即是看不著日出，此行亦不為辜負。」章伯正在用遠鏡凝視，說道：「你們看！東邊有一絲黑影，隨波出沒，定是一隻輪船由此經過。」於是大家皆拿出遠鏡對著觀看。看了一刻，說道：「是的，是的。你看，有極細一絲黑線，在那天水交界的地方，那不就是船身嗎？」大家看了一會，那輪船也就過去，看不見了。慧生還拿遠鏡左右觀視。正在凝神，忽然大叫：「嗳呀，嗳呀！你瞧，那邊一隻帆船在那洪波巨浪之中，好不危險！」兩人道：「在什麼地方？」慧生道：「你望正東北瞧，那一片雪白浪花，不是長山島嗎？在長山島的這邊，漸漸來得近了。」兩人用遠鏡一看，都道：「嗳呀，嗳呀！實在危險得極！幸而是向這邊來，不過二三十里就可泊岸了。」

相隔不過一點鐘之久，那船來得業已甚近。三人用遠鏡凝神細看，原來船身長有二十三、四丈，原是隻很大的船。船主坐在舵樓之上，樓下四人專管轉舵的事。前後六枝桅[※20]杆，掛著六扇舊帆，又有兩枝新桅，掛著一扇簇新的帆，一扇半新不舊的帆，算來這船便有八枝桅了。船身吃儎[※21]很重，想那艙裡一定裝的各項貨物。船面上坐的人口，男男女女，不計其數，卻無篷窗等件遮蓋風日——同那天津

註
※19價：吳語中的語尾助詞，常附於形容詞之後，用法跟「的」字相當。
※20桅：讀作「危」。船上用來懸掛帆篷的竿子。
※21儎：舟車運物。同今載字，是載的異體字。

老殘跟友人上到蓬萊閣內，觀看海上景色。（許承菱繪）

到北京火車的三等客位一樣——面上有北風吹著，身上有浪花濺著，又濕又寒，又飢又怕。看這船上的人都有民不聊生的氣象。那八扇帆下，備有兩人專管繩腳的事。船頭及船幫上有許多的人，彷彿水手的打扮。

這船雖有二十三四丈長，卻是破壞的地方不少：東邊有一塊，約有三丈長短，已經破壞，浪花直灌進去；那旁，仍在東邊，又有一塊，約長一丈，水波亦漸漸侵入。其餘的地方，無一處沒有傷痕。那八個管帆的卻是認真的在那裡管，只是各人管各人的帆，彷彿在八隻船上似的，彼此不相關照。那水手只管在那坐船的男男女女隊裡亂竄，不知所做何事。用遠鏡仔細看去，方知道他在那裡搜他們男男女女所帶的乾糧，並剝那些人身上穿的衣服。章伯看得親切，不禁狂叫道：「這些該死的奴才！你看，這船眼睜睜就要沉覆，他們不知想法敷衍著早點泊岸，反在那裡蹂躪好人，氣死我了！」慧生道：「章哥，不用著急。此船目下相距不過七、八里路，等他泊岸的時候，我們上去勸勸他們便是。」

正在說話之間，忽見那船上殺了幾個人，拋下海去，捩※22過舵來，又向東邊

註
※22捩：扭轉。讀作「列」。

去了。章伯氣的兩腳直跳，罵道：「好好的一船人，無窮性命，無緣無故斷送在這幾個駕駛的人手裡，豈不冤枉！」沉思了一下，又說道：「好在我們山腳下有的是漁船，何不駕一隻去，將那幾個駕駛的人打死，換上幾個？豈不救了一船人的性命？何等功德！何等痛快！」慧生道：「這個辦法雖然痛快，究竟未免鹵莽※23，恐有未妥。請教殘哥以為何如？」

老殘笑向章伯道：「章哥此計甚妙，只是不知你帶幾營人去？」章伯憤道：「殘哥怎麼也這麼糊塗！此時人家正在性命交關，不過一時救急，自然是我們三個人去。那裡有幾營人來給你帶去！」老殘道：「既然如此，他們船上駕駛的不下頭二百人，我們三個人要去殺他，恐怕只會送死，不會成事罷。高明以為何如？」章伯一想，理路卻也不錯，便道：「依你該怎麼樣，難道白白地看他們死嗎？」

老殘道：「依我看來，駕駛的人並未曾錯◎3，只因兩個緣故，所以把這船就弄的狼狽不堪了。怎麼兩個緣故呢？一則他們是走『太平洋』的，只會過太平日子，若遇風平浪靜的時候，他

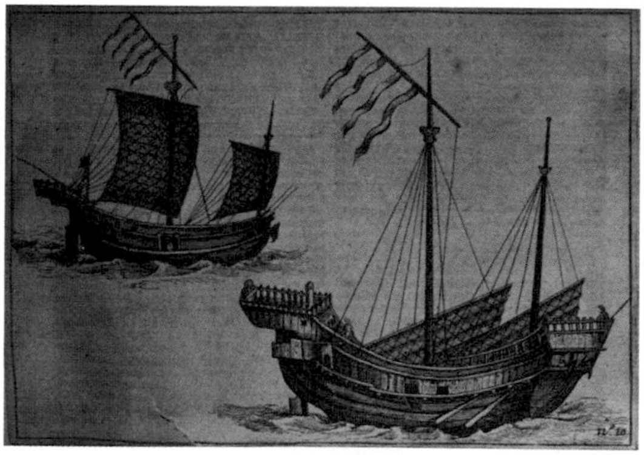

✦清朝時的兩艘中國帆船圖。（圖片來源：Casparus Commelin，1646年繪）

駕駛的情狀亦有操縱自如之妙。不意今日遇見這大的風浪，所以都毛了手腳。二則他們未曾預備方鍼※24。平常晴天的時候，照著老法子去走，又有日月星辰可看，所以南北東西尚還不大很錯。這就叫做『靠天吃飯』。那知遇了這陰天，日月星辰都被雲氣遮了，所以他們就沒了依傍。心裡不是不想望好處去做，只是不知東南西北，所以越走越錯。為今之計，依章兄法子，駕隻漁艇，追將上去。他的船重，我們的船輕，一定追得上的。到了之後，送他一個羅盤，他有了方向，便會走了。再將這有風浪與無風浪時駕駛不同之處，告知船主，他們依了我們的話，豈不立刻就登彼岸了嗎？」慧生道：「老殘所說極是，我們就趕緊照樣辦去。不然，這一船人實在可危的極！」

說著，三人就下了閣子，分付從人看守行李物件，那三人卻俱是空身，帶了一個最準的向盤，一個紀限儀，並幾件行船要用的物件，下了山——山腳下有個船塢，都是漁船停泊之處。選了一隻輕快漁船，掛起帆來，一直追向前去。幸喜本日

註

※23鹵莽：粗魯、莽撞。也作「魯莽」。

※24方鍼：羅盤。即指南針。鍼，讀作「針」。

評批

◎3「駕駛的人，並未曾錯」二語，心平氣和。以下兩個病源，也說得至當不易。（劉鶚評）

一霎時，離大船已經不遠了，三人仍拿遠鏡不住細看。（圖片來源：民國石印本《老殘遊記》，陸子常繪）

刮的是北風，所以向東、向西都是旁風，使帆很便當的。一霎時，離大船已經不遠了，三人仍拿遠鏡不住細看。及至離大船十餘丈時，連船上人說話都聽得見了。誰知道除那管船的人搜括眾人外，又有一種人在那裡高談闊論的演說，只聽他說道：「你們各人均是出了船錢坐船的，況且這船也就是你們祖遺的公司產業，現在已被這幾個駕駛人弄的破壞不堪，你們全家老幼性命都在船上，難道都在這裡等死不成？就不想個法兒挽回挽回嗎？真真該死奴才！」

眾人被他罵的直口無言。內中便有數人出來說道：「你這先生所說的都是我們肺腑中欲說說不出的話，今日被先生喚醒，我們實在慚愧，感激的很！只是請教有甚麼法子呢？」那人便道：「你們知道現在是非錢不行的世界了，你們大家斂幾個錢來，我們捨出自己的精神，拚著幾個人流血，替你們掙個萬世安穩自由的基業，你們看好不好呢？」眾人一齊拍掌稱快。

章伯遠遠聽見，對二人說道：「不想那船上竟有這等的英雄豪傑！早知如此，我們可以不必來了。」慧生道：「姑且將我們的帆落幾葉下來，不必追上那船，看他是如何的舉動。倘真有點道理，我們便可回去了。」老殘道：「慧哥所說甚是。依愚見看來，這等人恐怕不是辦事的人，只是用幾句文明的話頭騙幾個錢用用罷了！」

當時三人便將帆葉落小，緩緩的尾大船之後。只見那船上人斂了許多錢，交給演說的人，看他如何動手。誰知那演說的人，斂了許多錢去，找了一塊眾人傷害不著的地方，立住了腳◎4，便高聲叫道：「你們這些沒血性的人，涼血種類的畜生，還不趕緊去打那個掌舵的嗎？」又叫道：「你們還不去把這些管船的一個一個殺了嗎？」那知就有那不懂事的少年，依著他去打掌舵的，也有去罵船主的，俱被

註

※25 本回船上演說人，被評論家認爲是影射清末當時的革命派，此處劉鶚的評語是刻意提示，因革命派活動據點多在上海、日本。

評批

◎4：「去找了一塊眾人傷害不著的地方立住了腳。」我想不是上海，便是日本。（劉鶚評）※25

那旁邊人殺的殺了，拋棄下海的拋下海了。那個演說的人，又在高處大叫道：「你們為甚麼沒有團體？若是全船人一齊動手，還怕打不過他們麼？」那船上人，就有老年曉事的人，也高聲叫道：「諸位切不可亂動！倘若這樣做去，勝負未分，船先覆了！萬萬沒有這個辦法！」

慧生聽得此語，向章伯道：「原來這裡的英雄只管自己斂錢，叫別人流血的。◎5」老殘道：「幸而尚有幾個老成持重的人，不然，這船覆的更快了。」說著，三人便將帆葉抽滿，頃刻便與大船相近。篙工用篙子鉤住大船，三人便跳將上去，走至舵樓底下，深深的唱了一個喏※26，便將自己的向盤※27及紀限儀※28等項取出呈上。舵工看見，倒也和氣，便問：「此物怎樣用法？有何益處？」

正在議論，那知那下等水手裡面，忽然起了咆哮，說道：「船主！船主！千萬不可為這人所惑！他們用的是外國向盤，一定是洋鬼子差遣來的漢奸！他們是天主教！他們將這隻大船已經賣與洋鬼子了，所以才有這個向盤。請船主趕緊將這三人綁去殺了，以除後患。倘與他們多說幾句話，再用了他的向

1884年的中國羅盤照片。

盤，就算收了洋鬼子的定錢，他就要來拿我們的船了！」誰知這一陣嘈嚷，滿船的人俱為之震動。就是那演說的英雄豪傑，也在那裡喊道：「這是賣船的漢奸！快殺，快殺！」

船主舵工聽了，俱猶疑不定，內中有一個舵工，是船主的叔叔，說道：「你們來意甚善，只是眾怒難犯，趕快去罷！」三人垂淚，趕忙回了小船。那知大船上人，餘怒未息，看三人上了小船，忙用被浪打碎了的斷樁破板打下船去。你想，一隻小小漁船，怎禁得幾百個人用力亂砸？頃刻之間，將那漁船打得粉碎，看著沉下海中去了。

未知三人性命如何，且聽下回分解。

註

※26深深的唱了一個喏：即鞠躬作揖。唱喏，指一面作揖，一面出聲致敬。喏讀作「惹」。

※27向盤：向盤也稱爲羅盤，一種利用磁針測定方位的儀器，也曾爲指南針。

※28紀限儀：紀限儀也稱爲「六分儀」，是一種測量儀器。航海時，用來測量太陽的高度，以確定船隻所在的位置。

評批

◎ 5：「原來這裡的英雄，只管自己斂錢叫別人流血的。」爲近日造時世的英雄寫一小照，更喚醒許多痴漢，不必替人枉送頭顱。（劉鶚評）

第二回　歷山山下古帝遺蹤　明湖湖邊美人絕調

話說老殘在漁船上被眾人砸得沉下海去，自知萬無生理，只好閉著眼睛，聽他怎樣。覺得身體如落葉一般，飄飄蕩蕩，頃刻工夫沉了底了。只聽耳邊有人叫道：「先生，起來罷！先生，起來罷！天已黑了，飯廳上飯已擺好多時了。」老殘慌忙睜開眼睛，楞了一楞道：「呀！原來是一夢！」

自從那日起，又過了幾天，老殘向管事的道：「現在天氣漸寒，貴居停※1的病也不會再發，明年如有委用之處，再來效勞。目下鄙人要往濟南府去看看大明湖的風景。」管事的再三挽

濟南大明湖照片，攝於1924－1944年間。（圖片來源：《亞東印畫輯》）

留不住，只好當晚設酒餞行，封了一千兩銀子奉給老殘，算是醫生的酬勞。老殘略道一聲「謝謝」，也就收入箱籠，告辭動身上車去了。

一路秋山紅葉，老圃黃花，頗不寂寞。到了濟南府，進得城來，家家泉水，戶戶垂楊，比那江南風景，覺得更為有趣。◎1到了小布政司街，覓了一家客店，名叫高陞店，將行李卸下，開發了車價酒錢，胡亂吃點晚飯，也就睡了。

次日清晨起來，吃點兒點心，便搖著串鈴滿街踅了一趟※4，虛應一應故事※5。午後便步行至鵲華橋邊，雇了一隻小船，盪起雙槳，朝北不遠，便到歷下亭前。下船進去，入了大門，便是一個亭子，油漆已大半剝蝕。亭子上懸了一副對聯，寫的是「歷下此亭古，濟南名士多」；上寫著「杜工部句」，下寫著「道州

註

※1居停：寄寓之所的主人。
※2黃山谷：即黃庭堅（西元一〇四五年至一一〇五年），字魯直，號山谷道人，又號涪翁，宋分寧（今江西修水縣）人。與張耒、晁補之、秦觀合稱蘇門四學士。善於作詩，爲江西詩派的開創人，並擅長書法行書與草書。著有《山谷全集》。
※3濟南瀟灑似江南：黃庭堅所作詩句，出處不詳。意思是說：濟南的美景像似江南。
※4踅了一趟：繞了一圈。踅，來回的走。讀作「學」。
※5虛應一應故事：即虛應故事。指依照成例，敷衍了事。

評批

◎1：黃山谷※2詩云：「濟南瀟灑似江南。」※3據此看來，濟南風景猶在江南之上。（劉鶚評）

何紹基※6書」。亭子旁邊雖有幾間群房※7，也沒有甚麼意思。復行下船，向西盪去，不甚遠，又到了鐵公祠畔。你道鐵公是誰？就是明初與燕王為難的那個鐵鉉※8。後人敬他的忠義，所以至今春秋時節，土人※9尚不斷的來此進香。

到了鐵公祠前，朝南一望，只見對面千佛山上，梵宇※10僧樓，與那蒼松翠柏，高下相間，紅的火紅，白的雪白，青的靛青，綠的碧綠，更有那一株半株的丹楓夾在裡面，彷彿宋人趙千里※11的一幅大畫，做了一架數十里長的屏風。正在歎賞不絕，忽聽一聲漁唱，低頭看去，誰知那明湖業已澄淨的同鏡子一般。那千佛山的倒影映在湖裡，顯得明明白白。那樓臺樹木，格外光彩，覺得比上頭的一個千佛山還要好看，還要清楚。這湖的南岸，上去便是街市，卻有一層蘆葦，密密遮住。現在正是開花

只見對面千佛山上，梵宇僧樓，與那蒼松翠柏，高下相間。（圖片來源：民國石印本《老殘遊記》，陸子常繪）

的時候，一片白花映著帶水氣的斜陽，好似一條粉紅絨毯，做了上下兩個山的墊子，實在奇絕。◎2

老殘心裡想道：「如此佳景，為何沒有甚麼遊人？」看了一會兒，回轉身來，看那大門裡面楹柱上有副對聯，寫的是「四面荷花三面柳，一城山色半城湖」，暗暗點頭道：「真正不錯！」進了大門，正面便是鐵公享堂※13，朝東便是一個荷池。繞著曲折的迴廊，到了荷池東面，就是個圓門。圓門東邊有三間舊房，有個破匾，

註

※6何紹基：何紹基（西元一七九九年至一八七三年），清湖南道州（今道縣）人。字子貞，號東洲，又號猿叟。清朝道光年間進士，官至提督四川學政，通曉經史書籍，能作詩寫文章，爲清代書法家。著有《東洲草堂詩鈔》。

※7群房：正房以外的屋子。

※8鐵鉉：鐵鉉（西元一三六六年至一四〇二年），字鼎石，河南鄧州（今鄧州市）人，明惠帝時大臣，因不肯向起兵叛變的燕王朱棣投降，被處以酷刑而亡。

※9土人：世居本地的人。

※10梵宇：佛寺。

※11趙千里：趙千里（西元一一二七年至一一六二年），南宋畫家。名伯駒，千里是他的字，宗室子弟，爲有名的山水畫家。

※12明湖：應指大明湖。在山東省歷城縣城內西北隅，以風景著稱。

※13享堂：祠堂。

評批

◎2：作者云：「明湖※12景緻似一幅趙千里畫，作者倒寫得出，吾恐趙千里還畫不出。」（劉鶚評）

上題「古水仙祠」四個字。祠前一副破舊對聯，寫的是「一盞寒泉薦秋菊，三更畫船穿藕花」。過了水仙祠，仍舊上了船，盪到歷下亭的後面。兩邊荷葉荷花將船夾住，那荷葉初枯，擦的船嗤嗤價響；那水鳥被人驚起，格格價飛；那已老的蓮蓬，不斷的繃到船艙裡面來。老殘隨手摘了幾個蓮蓬，一面吃著，一面船已到了鵲華橋畔了。

到了鵲華橋，才覺得人煙稠密，也有挑擔子的，也有推小車子的，也有坐二人擡[14]小藍呢轎子[15]的。轎子後面，一個跟班的戴個紅纓帽子[16]，膀子底下夾個護書[17]，拚命價奔，一面用手中擦汗，一面低著頭跑。街上五六歲的孩子不知避人，被那轎夫無意踢倒一個，他便哇哇的哭起。他的母親趕忙跑來問：「誰碰倒你的？誰碰倒你的？」那個孩子只是哇哇的哭，並不說話。問了半天，才帶哭說了一句道：「擡轎子的！」他母親擡頭看時，轎子早已跑的有二里多遠了。那婦人牽了孩子，嘴裡不住咭咭咕咕的罵著，就回去了。

✦老殘遊大明湖。（圖片來源：《老殘遊記》編校本，1926年出版）

老殘從鵲華橋往南，緩緩向小布政司街走去。一擡頭，見那牆上貼了一張黃紙，有一尺長，七八寸寬的光景。居中寫著「說鼓書」三個大字，旁邊一行小字是「二十四日明湖居」。那紙還未十分乾，心知是方才貼的，只不知道這是甚麼事情，別處也沒有見過這樣招子※18。一路走著，一路盤算，只聽得耳邊有兩個挑擔子的說道：「明兒白妞說書，我們可以不必做生意，來聽書罷。」又走到街上，聽鋪子裡櫃檯上有人說道：「前次白妞說書是你告假的，明兒的書，應該我告假了。」一路行來，街談巷議，大半都是這話，心裡詫異道：「白妞是何許人？說的是何等樣書，為甚一紙招貼，便舉國若狂如此？」信步走來，不知不覺已到高陞店口。

進得店去，茶房便來回道：「客人，用什麼夜膳？」老殘一一說過，就順便問道：「你們此地說鼓書是個甚麼玩意兒，何以驚動這麼許多的人？」茶房說：「客人，你不知道。這說鼓書本是山東鄉下的土調，用一面鼓、兩片梨花簡※19，

註

※14擡：同今抬字，是抬的異體字。
※15小藍呢轎子：清代四品以下的官員才能乘坐藍呢轎子。小轎，表示是兩人扛抬的轎子。
※16紅纓帽子：清朝的禮帽，上面裝飾有紅色纓帶。
※17護書：放置文件書函的長方形木盒。
※18招子：招牌、廣告、海報。
※19梨花簡：演唱梨花大鼓者所執的半月形銅片。

名叫『梨花大鼓』，演說些前人的故事。本也沒甚稀奇。自從王家出了這個白妞、黑妞姊妹兩個，這白妞名字叫做王小玉，此人是天生的怪物！他十二三歲時就學會了這說書的本事。他卻嫌這鄉下的調兒沒甚麼出奇，他就常到戲園裡看戲，所有甚麼西皮、二簧、梆子腔等唱。一聽就會；甚麼余三勝※20、程長庚※21、張二奎※22等人的調子，他一聽也就會唱。仗著他的喉嚨，要多高有多高；他的中氣，要多長有多長。他又把那南方的甚麼昆腔※23、小曲※24，種種的腔調，他都拿來裝在這大鼓書的調兒裡面。不過二三年工夫，創出這個調兒，竟至無論南北高下的人，聽了他唱書，無不神魂顛倒。現在已有招子，明兒就唱。你不信，去聽一聽就知道了。只是要聽還要早去，他雖是一點鐘開唱，若到十點鐘去，便沒有坐位的。」老殘聽了，也不甚相信。

京劇《少年槍會》中程長庚的魯肅扮相。（圖片來源：清代宮廷畫師沈蓉圃繪《梨園影事》，1931年版）

次日六點鐘起，先到南門內看了舜井。又出南門，到歷山腳下，看看相傳大舜※25昔日耕田的地方。及至回店，已有九點鐘的光景，趕忙吃了飯，走到明湖居，才不過十點鐘時候。那明湖居本是個大戲園子，戲臺前有一百多張桌子。那知進了園門，園子裡面已經坐的滿滿的了，只有中間七八張桌子還無人坐，桌子卻都貼著「撫院※26定」、「學院※27定」等類紅紙條兒。老殘看了半天，無處落腳，只好袖子裡送了看坐兒的二百個錢，才弄了一張短板凳，在人縫裡坐下。

註

※20余三勝：余三勝（西元一八〇二年至一八六六年），安徽潛山人，是清代著名的京劇演員。

※21程長庚：程長庚（西元一八一一年至一八八〇年），清朝京劇演員。

※22張二奎：張二奎（西元一八一四年至一八六四年），原名士元，字子英，號榮齋，清代京劇著名演員，與余三勝、程長庚齊名，並稱「老生三傑」。三人都擅長扮演老生。

※23崑腔：一種戲曲名稱。盛行於中國江浙一帶的劇種。明代到清中葉以前中國主要的戲曲腔調。由於所唱的是曲牌，故稱爲「崑曲」。

※24小曲：一種流傳於民間的俚俗歌曲。

※25大舜：上古帝王虞舜的別稱。姓姚，名重華。因建國於虞，故稱爲「虞舜」或「有虞氏」。爲人非常孝順，堯帝重用他，讓他攝政三十年，後受禪讓爲天子。

※26撫院：古代巡撫或巡撫官衙，此指後者。巡撫，清朝則以巡撫爲省級地方政府的長官，總攬一省的軍事、吏治、刑獄、民政等政務。

※27學院：清朝時期提督學政。掌管教育行政及各省學校生員的升降考核。此指學院官衙。

看那戲臺上，只擺了一張半桌，桌子上放了一面板鼓，鼓上放了兩個鐵片兒，心裡知道這就是所謂梨花簡了，旁邊放了一個三弦※28子，半桌後面放了兩張椅子，並無一個人在檯上。偌大的個戲臺，空空洞洞，別無他物，看了不覺有些好笑。園子裡面，頂著籃子賣燒餅油條的有一二十個，都是為那不吃飯來的人買了充飢的。

到了十一點鐘，只見門口轎子漸漸擁擠，許多官員都著了便衣，帶著家人※29，陸續進來。不到十二點鐘，前面幾張空桌俱已滿了，不斷還有人來，看坐兒的也只是搬張短凳，在夾縫中安插。這一群人來了，彼此招呼，有打千兒※30的，有作揖的，大半打千兒的多。高談闊論，說笑自如。這十幾張桌子外，看來都是做生意的人，又有些像是本地讀書人的樣子，大家都嘁嘁喳喳的在那裡說閒話。因為人太多了，所以說的甚麼話都聽不清楚，也不去管他。

到了十二點半鐘，看那臺上，從後臺簾子裡面，出來一個男人。穿了一件藍布長衫，長長的臉兒，一臉疙瘩※31，彷彿風乾福橘皮似的，甚為醜陋。但覺得那人氣味倒還沉靜。出得臺來，並無一語，就往半桌後面左手一張椅子上坐下。慢慢的將三弦子取來，隨便和了和弦，彈了一

此圖為「唱大鼓書圖」，圖左人物左手拿著的半月形銅片即為梨花簡。（圖片來源：清人繪《北京民間風俗百圖》）

兩個小調，人也不甚留神去聽。後來彈了一支大調，也不知道叫什麼牌子；只是到後來，全用輪指[※32]，那抑揚頓挫，入耳動心，恍若有幾十根弦，幾百個指頭在那裡彈似的。這時臺下叫好的聲音不絕於耳，卻也壓不下那弦子去。這曲彈罷，就歇了手，旁邊有人送上茶來。

停了數分鐘時，簾子裡面出來一個姑娘，約有十六七歲，長長鴨蛋臉兒，梳了一個抓髻[※33]，戴了一副銀耳環，穿了一件藍布外褂兒，一條藍布袴[※34]子，都是黑布鑲滾的。雖是粗布衣裳，倒十分潔淨。來到半桌後面右手椅子上坐下。那彈弦子

註

※28 三弦：一種彈撥樂器。長柄，無品（無按音格），三條弦，琴筒爲方形圓角，上蒙蟒皮。有大三弦與小三弦之分。俗稱爲「弦子」。

※29 家人：僕役。

※30 打千兒：是一種介乎作揖、下跪之間的禮節，清朝男子向人請安時，左膝前屈，右腿後彎，上身稍向前俯，右手下垂。

※31 疙瘩：皮膚上突起的疱塊顆粒。

※32 輪指：一種琵琶、琴等弦樂器的彈奏指法。琵琶的輪指現今彈法爲：先以食指、中指、無名指、小指依次彈弦，最後以大拇指挑弦作結，此爲一輪。根據節拍，一拍中可能數輪，猶如車輪轉動，故稱爲輪指。琵琶指法還有挑輪、掃輪等。

※33 抓髻：將頭髮梳攏盤結於頭頂所成的髻，爲女孩或女僕所梳的髮式，表示其未婚。

※34 袴：同今褲字，是褲的異體字。

的便取了弦子，錚錚鏦鏦彈起。這姑娘便立起身來，左手取了梨花簡，夾在指頭縫裡，便丁丁當當的敲，與那弦子聲音相應；右手持了鼓捶子，凝神聽那弦子的節奏。忽羯鼓※35一聲，歌喉遽發，字字清脆，聲聲宛轉，如新鶯出谷，乳燕歸巢，每句七字，每段數十句，或緩或急，忽高忽低。其中轉腔換調之處，百變不窮，覺一切歌曲腔調俱出其下，以為觀止矣。

旁坐有兩人，其一人低聲問那人道：「此想必是白妞了罷？」其一人道：「不是。這人叫黑妞，是白妞的妹子。他的調門兒都是白妞教的，若比白妞，還不曉得差多遠呢！他的好處人說得出，白妞的好處人說不出。他的好處人學的到，白妞的好處人學不到。你想，這幾年來，好頑耍※36的誰不學他們的調兒呢？就是窑子※37裡的姑娘，也人人都學，只是頂多有一兩句到黑妞的地步，若白妞的好處，從沒有一個人能及他十分裡的一分的。」說著的時候，黑妞早唱完，後面去了。這時滿園子裡的人，談心的談心，說笑的說笑。賣瓜子、落花生、山裡紅、核桃仁的，高聲喊叫著賣，滿園子裡聽來都是人聲。

✦以板鼓為主的說唱表演。（圖片來源：清木版年畫《取長沙》）

正在熱鬧哄哄的時節，只見那後臺裡，又出來了一位姑娘，年紀約十八九歲，裝束與前一個毫無分別，瓜子臉兒，白淨面皮，相貌不過中人以上之姿，只覺得秀而不媚，清而不寒，半低著頭出來，立在半桌後面，把梨花簡丁當了幾聲，煞是奇怪，只是兩片頑鐵，到他手裡，便有了五音十二律※38似的。又將鼓捶子輕輕的點了兩下，方擡起頭來，向臺下一盼。那雙眼睛，如秋水，如寒星，如寶珠，如白水銀裡頭養著兩丸黑水銀，左右一顧一看，連那坐在遠遠牆角子裡的人，都覺得王小玉看見我了；那坐得近的更不必說。就這一眼，滿園子裡便鴉雀無聲，比皇帝出來還要靜悄得多呢，連一根針跌在地下都聽得見響！

王小玉便啟朱脣，發皓齒，唱了幾句書兒。聲音初不甚大，只覺入耳有說不出來的妙境。五臟六腑裡，像熨斗熨過，無一處不伏貼。三萬六千個毛孔，像吃了人

註

※35 羯鼓：源出羯族，所以稱爲羯鼓，狀似小鼓，兩面蒙皮，均可擊打。也稱爲「兩杖鼓」。

※36 頑耍：玩樂、嬉戲。

※37 窑：同今窯字，是窯的異體字。窯子，妓院的俗稱。

※38 五音：中國音樂術語，指宮、商、角、徵、羽五個音階。十二律：古代利用竹筒長短造成發音高低不同的原理，而定出的聲律準則。分爲陽律六：黃鐘、太簇、姑洗、蕤賓、夷則、無射；陰律六：林鐘、南呂、應鐘、大呂、夾鐘、中呂。也稱爲「十二宮」。

參菓※39，無一個毛孔不暢快。唱了十數句之後，漸漸的越唱越高，忽然拔了一個尖兒，像一線鋼絲拋入天際，不禁暗暗叫絕。那知他於那極高的地方，尚能迴環轉折。幾轉之後，又高一層，接連有三四疊，節節高起。恍如由傲來峰西面攀登太山※40的景象，初看傲來峰削壁千仞，以為上與天通；及至翻到傲來峰頂，才見扇子崖更在傲來峰上；及至翻到扇子崖，又見南天門更在扇子崖上：愈翻愈險，愈險愈奇。◎3

✦王小玉越唱越高。（圖片來源：《老殘遊記》編校本，1926年出版）

那王小玉唱到極高的三四疊後，陡然一落，又極力騁其千迴百折的精神，如一條飛蛇在黃山三十六峰半中腰裡盤旋穿插。頃刻之間，周匝數遍。從此以後，愈唱愈低，愈低愈細，那聲音漸漸的就聽不見了。滿園子的人都屏氣凝神※45，不敢少動。約有兩三分鐘之久，彷彿有一點聲音從地底下發出。這一出之後，忽又揚起，像放那東洋煙火，一個彈子上天，隨化作千百道五色火光，縱橫散亂。這一聲飛起，即有無限聲音俱來並發。那彈弦子的亦全用輪指，忽大忽小，同他那聲音相和相合，有如花塢春曉，好鳥亂鳴。耳朵忙不過來，不曉得聽那一聲的為是。正在撩亂之際，忽聽霍然一聲，人弦俱寂。這時臺下叫好之聲，轟然雷動。

停了一會，鬧聲稍定，只聽那臺下正座上，有一個少年人，不到三十歲光景，是湖南口音，說道：「當年讀書，見古人形容歌聲的好處，有那『餘音繞梁，三日不絕』※46的話，我總不懂。空中設想，餘音怎樣會得繞梁呢？又怎會三日不絕呢？及至聽了小玉先生說書，才知古人措辭之妙。每次聽他說書之後，總有好幾天耳朵裡無非都是他的書，無論做什麼事，總不入神，反覺得『三日不絕』，這『三日』

註

※39人參菓：傳說中的神仙果，形狀像人參一般，吃了可以延年益壽。菓，同今果字，是果的異體字。
※40太山：即泰山，位於山東省泰安縣北。
※41泰安府：清朝時設置的府。治所在泰安縣（今山東省泰安市）。
※42斗姥宮：供奉斗姥的廟宇。斗姥是道教的女性神祇，也是北斗眾星之母。
※43經石峪：位於山東省泰山中，石坡廣約畝餘，上遍刻隸書《金剛經》，字大如斗，今尚存九百餘字，爲六朝書體。
※44迤邐：連接的樣子。讀作「椅李」。
※45屏氣凝神：屏住呼吸，集中精神。謂專心一意。
※46餘音繞梁，三日不絕：餘音環繞屋梁旋轉，一連持續三日都不停歇。形容音樂美妙感人，餘韻不絕。典故出自《列子．湯問篇》：「餘音繞梁欐，三日不絕。」

評批

◎ 3：昔年曾遊泰山，由泰安府※41出北門上山，過斗姥宮※42，覽經石峪※43，歷柏樹洞，上一天門，看萬松崖，迤邐※44而上，甚爲平坦。比到南天門，十八盤，方覺陡峻。不知作者幾時從西面上去，經得如許險境，爲登泰山者聞所未聞，卻又無一字虛假，出人意表。（劉鶚評）

老殘聽白妞唱曲。（許承菱繪）

二字下得太少，還是孔子『三月不知肉味』※47，『三月』二字形容得透徹些！」旁邊人都說道：「夢湘先生論得透闢極了！『於我心有戚戚焉』！」※48說著，那黑妞又上來說了一段，底下便又是白妞上場。這一段，聞旁邊人說，叫做「黑驢段」。聽了去，不過是一個士子見一個美人，騎了一個黑驢走過去的故事。將形容那美人，先形容那黑驢怎樣怎樣好法，待鋪敘到美人的好處，不過數語，這段書也就完了。其音節全是快板，越說越快。白香山※49詩云：「大珠小珠落玉盤。」※50可以盡之。其妙處在說得極快的時候，聽的人彷彿都趕不上聽，他卻字字清楚，無一字不送到人耳輪深處。這是他的獨到，然比著前一段卻未免遜一籌了。

這時不過五點鐘光景，算計王小玉應該還有一段。不知那一段又是怎樣好法，究竟如何，且聽下回分解。◎4

註

※47三月不知肉味：孔子在齊國聽得韶樂，三個月吃肉都不知味道。典出《論語．述而》：「孔子在齊國聽《韶樂》，三月不知肉味。」形容聆聽美好的音樂，能使人只專注在音樂上而忽略其他的事物。

※48於我心有戚戚焉：出自《孟子．梁惠王（上）》。意即心有所感、感同身受的意思。

※49白香山：即白居易。參見本書白樂天註釋。

※50大珠小珠落玉盤：出自白居易在〈琵琶行〉。描寫琵琶女彈奏的聲音有如珠子落在玉盤上所發出的清脆聲響，以此形容她的琵琶技巧高超。

評批

◎4：王小玉說書，爲聲色絕調；百鍊生著書，爲文章絕調。（劉鶚評）

第三回　金線東來尋黑虎　布帆西去訪蒼鷹※1

話說眾人以為天時尚早，王小玉必還要唱一段，不知只是他妹子出來敷衍幾句就收場了，當時一鬨而散。

老殘到了次日，想起一千兩銀子放在寓中，總不放心。即到院前大街上找了一家滙票莊※2，叫個日昇昌字號，匯了八百兩寄回江南徐州※3老家裡去，自己卻留了一百多兩銀子，本日在大街上買了一匹繭綢，又買了一件大呢馬褂面子，拿回寓去，叫個成衣做一身棉袍子馬褂。因為已是九月底，天氣雖十分和暖，倘然西北風一起，立刻便要穿棉了。吩咐成衣已

✦趵突泉老照片，攝於1929年。（圖片來源：《亞東印畫輯》第5冊）

畢，吃了午飯，步出西門，先到趵突泉※4上吃了一碗茶。

這趵突泉乃濟南府七十二泉中的第一個泉，在大池之中，有四五畝地寬闊，兩頭均通谿河。池中流水，汩汩有聲。池子正中間有三股大泉，從池底冒出，翻上水面有近二尺高。據土人云，當年冒起有五六尺高，後來修池，不知怎樣就矮下去了。這三股水，均比吊桶還粗。池子北面是個呂祖※5殿，殿前搭著涼棚，擺設著四五張桌子、十幾條板凳賣茶，以便遊人歇息。

老殘吃完茶，出了趵突泉後門，向東轉了幾個彎，尋著了金泉書院。進了二門，便是投轄井，相傳即是陳遵留客※6之處。再望西去，過一重門，即是一個蝴

註

※1蒼鷹：指郅都。生卒年不詳。西漢時期河東郡楊縣（今山西省洪洞縣東南）人。漢文帝、景帝時都曾擔任官職，執法嚴苛，人稱「蒼鷹」。這裡用來比喻酷吏玉賢。

※2票莊：舊式的金融機構，經營金錢、票子流通的事業。相當於錢莊。

※3徐州：今江蘇省徐州市，古稱彭城。

※4趵突泉：山東省濟南市內的名泉。泉水自池噴湧而出，呈水柱狀，濟南七十二泉中最著名者。

※5呂祖：即呂洞賓。名巖，字洞賓，自號純陽子。唐京兆府（今陝西省長安縣）人。曾以進士授縣令。相傳修道成仙，為八仙之一，人稱為「呂祖」。也稱為「呂純陽」。

※6投轄井、陳遵留客：字孟公，東漢杜陵（故城在今陝西長安東南）人。性好客，每次宴會時，常取賓客車轄投入井中，客雖有急事，亦不得去。此亦乃投轄井遺跡的典故由來。

✦趵突泉池子中間有三股大泉，能翻上水面近二尺高。（許承菱繪）

蝶廳，廳前廳後均是泉水圍繞。廳後許多芭蕉，雖有幾批殘葉，尚是一碧無際，西北角上，芭蕉叢裡，有個方池，不過二丈見方，就是金線泉※7了。金線乃四大名泉之二。你道四大名泉是那四個？就剛才說的趵突泉，此刻的金線泉，南門外的黑虎泉，撫台衙門裡的珍珠泉，叫做「四大名泉」。

這金線泉相傳水中有條金線。老殘左右看了半天，不要說金線，連鐵線也沒有。後來幸而走過一個士子來，老殘便作揖請教這「金線」二字有無著落。那士子便拉著老殘踅到池子西面，彎了身體，側著頭，向水面上看，說道：「你看，那水面上有一條線，彷彿游絲一樣，在水面上搖動。看見了沒有？」老殘也側了頭，照樣看去，看了些時，說道：「看見了，看見了！」這是什麼緣故呢？想了一想，道：「莫非底下是兩股泉水，力量相敵，所以中間擠出這一線來？」那士子道：「這泉見於著錄好幾百年，難道這兩股泉的力量，經歷這久就沒有個強弱嗎？」老

註

※7金線泉：位於趵突泉東北側。此泉名爲金線，根據本文所述，是由兩股勢均力敵的泉水相互對湧，形成一條極細的水線，漂浮移動，忽隱忽現，經由陽光照射閃爍發光，宛如金線一般，因此得名。

殘道：「你看這線，常常左右擺動，這就是兩邊泉力不勻的道理了。」那士子倒也點頭會意。說完，彼此各散。

老殘出了金泉書院，順著西城南行，過了城角，仍是一條街市，一直向東。這南門城外好大一條城河。河裡泉水湛清，看得河底明明白白。河裡的水草都有一丈多長，被那河水流得搖搖擺擺，煞是好看。走著看著，見河岸南面，有幾個大長方池子，許多婦女坐在池邊石上搗衣。再過去有一個大池，池南幾間草房，走到面前，知是一個茶館。進了茶館，靠北窗坐下，就有一個茶房※8泡了一壺茶來。茶壺都是宜興壺※9的樣子，卻是本地仿照燒的。

老殘伏到窗台上看黑虎泉。（圖片來源：《老殘遊記》編校本，1926年出版）

老殘坐定，問茶房道：「聽說你們這裡有個黑虎泉，可知道在什麼地方？」那茶房笑道：「先生，你伏到這窗臺上朝外看，不就是黑虎泉嗎？」老殘果然望外一看，原來就在自己腳底下，有一個石頭雕的老虎頭，約有二尺餘長，倒有尺五六的寬徑。從那老虎口中噴出一股泉水，力量很大，從池子這邊直沖到池

子那面，然後轉到兩邊，流入城河去了。坐了片刻，看那夕陽有漸漸下山的意思，遂付了茶錢，緩步進南門回寓。◎1

到了次日，覺得遊興已足，就拿了串鈴，到街上去混混。踅過撫臺衙門，望西一條胡同口上，有所中等房子，朝南的大門，門旁貼了「高公館」三個字。只見那公館門口站了一個瘦長臉的人，穿了件棕紫熟羅棉大襖，手裡捧了一支洋白銅二馬車水煙袋※10，面帶愁容。看見老殘，喚道：「先生，先生！你會看喉嚨嗎？」老殘答道：「懂得一點半點兒的。」那人便說：「請裡面坐。」進了大門，望西一拐，便是三間客廳，鋪設也還妥當。兩邊字畫，多半是時下名人的筆墨。只有中間掛著一幅中堂，只畫了一個人，彷彿列子御風※11的形狀，衣服冠帶均被風吹起，筆力甚

註

※8茶房：即茶館的服務人員。

※9宜興壺：宜興縣所產的陶製茶壺。相傳始於明萬曆年間，製作精美，其中紫砂陶最名貴。宜興，今宜興市，爲中國江蘇省下轄縣級市。

※10二馬車水煙袋：沒有底座的水煙袋，煙管和貯煙管是分開的。

※11列子：戰國時鄭國人，生卒年不詳。是著名思想家。學術思想接近黃老，屬道家學派。御風：出自《莊子．逍遙遊》：「夫列子御風而行，泠然善也。」這句話意思是說：「列子乘風飛行，身形輕妙，自得其樂。」傳說列子能乘風飛行。

評批

◎1：第二卷前半，可當「大明湖記」讀。此卷前半，可當「濟南名泉記」讀。（劉鶚評）

為遒勁※12，上題「大風張風」※13四字，也寫得極好。

坐定，彼此問過名姓。原來這人係江蘇※14人，號紹殷，充當撫院內文案※15差使。他說道：「有個小妾害了喉蛾※16已經五天，今日滴水不能進了。請先生診視，尚有救沒有？」老殘道：「須看了病，方好說話。」當時高公即叫家人：「到上房關照一聲，說有先生來看病。」隨後就同著進了二門，即是三間上房。進得堂屋※17，有老媽子打起西房的門簾，說聲：「請裡面坐。」走進房門，貼西牆靠北一張大床，床上懸著夏布帳子，床面前靠西放了一張半桌，床前兩張杌凳※18。

高公讓老殘西面杌凳上坐下。帳子裡伸出一隻手來，老媽子拿了幾本書墊在手下。診了一隻手，又換一隻。老殘道：「兩手脈沉數而弦※19，是火被寒逼住，不得出來，所以越過越重。請看一看喉嚨。」高公便將帳子打起。看那婦人，約有二十歲光景，面上通紅，人卻甚為委頓的樣子。高公將他輕輕扶起，對著窗戶的亮光。

老殘低頭一看，兩邊腫的已將要合縫了，顏色淡紅。看過，對高公道：「這病本不甚重，原起只是一點火氣，被醫家用苦寒藥一逼，火不得發，兼之平常肝氣易動，抑鬱而成。目下只須吃

清代老照片，一位大夫正在為女病患把脈。

兩劑辛涼發散藥就好了。」又在自己藥囊內取出一個藥瓶、一支喉鎗※20，替他吹了些藥上去。出到廳房，開了個藥方，名叫「加味甘桔湯」。用的是生甘草、苦桔梗、牛蒡子、荊芥、防風、薄荷、辛夷、飛滑石八味藥，鮮荷梗做的引子。方子開畢，送了過去。

註

※12 道勁：形容文章、書畫的風格、筆法強勁有力。
※13 大風張風：張風，字大風，生於明朝末年，上元（今江蘇省南京市）人。號升州道士，自稱上元老人。擅長各種類型繪畫，包括人物、花鳥與山水等。
※14 江蘇：今江蘇省，位於長江下游，東瀕黃海、東海，並與山東、安徽、浙江、河南爲鄰，簡稱蘇。
※15 文案：古代官署草擬文書或管理檔案的幕僚。
※16 喉蛾：現今所言的扁桃腺發炎症狀。扁桃腺發炎時，喉嚨腫脹，顏色像蠶蛾一般偏白色，故稱爲「喉蛾」。
※17 堂屋：院落房屋的正房。常爲祭拜神明祖先，或宴客集會的地方。
※18 杌凳：一種方形而沒有靠背的矮凳。
※19 脈沉數而弦：沉，指力道較重才能按到脈搏跳動。數，指的是脈搏跳動的次數比較快。弦，脈像如琴弦一樣，繃得較緊。
※20 喉鎗：治療咽喉疾病的醫藥用具。一根細細長長的銅管下接一個銅鼓，藥粉貯存在銅管的尖端處，醫師將銅管尖端深入病人的喉嚨時，用手捏銅鼓的兩面讓它震動，將藥粉噴灑在患部。鎗，通「槍」。

高公道：「高明得極。不知吃幾帖？」老殘道：「今日吃兩帖，明日再來覆診。」高公又問：「藥金請教幾何？」老殘道：「鄙人行道※21，沒有一定的藥金。果然醫好了姨太太病，等我肚子飢時，賞碗飯吃，走不動時，給幾個盤川，儘夠的了。」高公道：「既如此說，病好一總酬謝。尊寓在何處，以便倘有變動，著人來請。」老殘道：「在布政司街高陞店。」說畢分手。老殘回店歇息。

從此，天天來請。不過三四天，病勢漸退，已經同常人一樣。高公喜歡得無可如何，送了八兩銀子謝儀，還在北柱樓辦了一席酒，邀請文案上同事作陪，也是個揄揚※22的意思。誰知一個傳十，十個傳百，官幕兩途※23，拿轎子來接的，漸漸有日不暇給之勢。

那日，又在北柱樓吃飯，是個候補道※24請的。席上右邊上首一個人說道：「玉佐臣要補※25曹州府※26了。」左邊下首，緊靠老殘的一個人道：「他的班次※27很遠，怎樣會補缺呢？」右邊人道：「因為他辦強盜辦的好，不到一年竟有路不拾遺的景象，宮保※28賞識非凡。前日有人對宮保說：『曾走曹州府某鄉莊過，親眼見有個藍布包袱棄在路旁，無人敢拾。某就問土人：「這包袱是誰的？為何沒人收起？」

✦老殘在高公館診病。（圖片來源：《老殘遊記》編校本，1926年出版）

土人道：「昨兒夜裡，不知何人放在這裡的。」某問：「你們為甚麼不拾了回去？」都笑著搖搖頭道：「俺還要一家子性命嗎？」如此，可見路不拾遺，古人竟不是欺人，今日也竟做得到的！』宮保聽著很是喜歡，所以打算專摺明保[※29]他。」

左邊的人道：「佐臣人是能幹的，只嫌太殘忍些。未到一年，站籠[※30]站死兩

註

※21 行道：此指行醫。行使自己所學的專業技術。

※22 揄揚：稱揚、讚譽。

※23 官幕兩途：指官員和幕僚。官員聘請來幫助自己處理政務的人，稱爲幕僚。

※24 候補道：指已經擁有道員的頭銜，等待候補職缺的人。道：是道員的簡稱，中國明清時期的地方政府官職之一。

※25 補：填入空缺的職位、名次等。

※26 曹州府：清朝設置的府。今山東省菏澤市。

※27 班次：此指遞補官職空缺的先後次序。

※28 宮保：古代官名。清代太子的老師之一。這裡指擁有宮保虛銜的官員，本文中的張宮保指的就是張曜，他有宮保虛銜，故稱他爲宮保而不稱巡撫，表示尊榮。

※29 專摺：專爲了某一件事上奏摺，向皇帝奏稟，稱爲專摺。明保，京外大臣想要向皇帝舉薦某個特殊人才，一般來說要通過吏部審議，稱爲明保；也有直接破格錄用的情形，就不需經由吏部審議，直接遞給軍機處存檔，等待適當時機被錄用，則稱爲密保。

※30 站籠：古代的一種刑具。以木製籠，籠頂設枷，上有圓孔，可套於囚犯頸上，使囚犯直立籠中；受此刑者通常幾天後就會死亡。

千多人，難道沒有冤枉嗎？」旁邊一人道：「冤枉一定是有的，自無庸議，但不知有幾成不冤枉的？」右邊人道：「大凡酷吏的政治，外面都是好看的。諸君記得當年常剝皮做兗州府※31的時候，何嘗不是這樣？總做的人人側目而視就完了。」又一人道：「佐臣酷虐是誠然酷虐，然曹州府的民情也實在可恨。那年，兄弟署曹州的時候，幾乎無一天無盜案。養了二百名小隊子※32，像那不捕鼠的貓一樣，毫無用處。及至各縣捕快捉來的強盜，不是老實鄉民，就是被強盜脅了去看守騾馬的人。至於真強盜，一百個裡也沒有幾個。現在被這玉佐臣雷厲風行的一辦，盜案竟自沒有了。相形之下，兄弟實在慚愧的很。」左邊人道：「依兄弟愚見，還是不多殺人的為是。此人名震一時，恐將來果報也在不可思議之列。」說完，大家都道：「酒也夠了，賜飯罷。」飯後各散。◎2

過了一日，老殘下午無事，正在寓中閒坐，忽見門口一乘藍呢轎落下，進來一個人，口中喊道：「鐵先生在家嗎？」老殘一看，原來就是高紹殷，趕忙迎出，說：「在家，在家。請房裡坐，只是地方卑污，屈駕的很。」紹殷一面道：「說

圖中右下即為站籠之刑。此為1900年外國人眼中的中國酷刑畫。

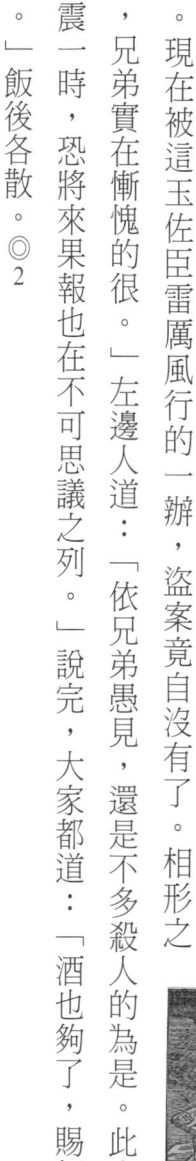

那裡的話！」一面就往裡走。進得二門，是個朝東的兩間廂房。房裡靠南一張磚炕※35，炕上鋪著被褥；北面一張方桌、兩張椅子；西面兩個小小竹箱。桌上放了幾本書、一方小硯臺、幾枝筆、一個印色盒子。

老殘讓他上首坐了。他就隨手揭過書來，細細一看，驚訝道：「這是部宋版張君房※36刻本的《莊子》，從那裡得來的？此書世上久不見了，季滄葦※37、黃丕烈※38諸人俱未見過，要算希世之寶呢！」老殘道：「不過先人遺留下來的幾本破書，

註

※31兗州府：明清兩代在山東設置的府。今山東省濟寧市兗州區。
※32小隊子：清朝地方長官為了維持地方治安，臨時招募來的民兵。
※33路不拾遺：路人看見道路上的失物而不會據為己有。形容社會風氣良好。
※34確耗：確切的音訊。耗，消息、音信。
※35炕：大陸北方地區各地用磚或尚未燒製的泥坯在屋裡砌成的臥榻。下有孔道，與煙囪相通，可生火取暖。讀作「抗」。
※36張君房：宋代岳州（今岳陽市）安陸人，生卒年不詳。宋眞宗時奉命編纂道教典籍，編有《雲笈七籤》、《乘異記》等，《莊子》即是其中之一。
※37季滄葦：生於西元一六三〇年，卒年不詳，字詵兮，號滄葦，江蘇泰興縣季家市（今靖江市季市鎭）人。明末清初官員，也是有名的藏書家，撰有「季滄葦藏書目」。
※38黃丕烈：黃丕烈（西元一七六三至一八二五年），字紹武，一字蕘圃，號復翁，又號佞宋居士。清江蘇長洲人。乾隆舉人，官分部主事，也是有名的藏書大家，曾刊行《士禮居叢書》，自著有《蕘言印須集》。

評批

◎2：北柱樓一席話，各人俱有不滿玉賢之意。指以「路不拾遺」※33四字美名，無人敢直發其奸。亦由省城距曹州較遠，未能得其確耗※34。（劉鶚評）

賣又不值錢，隨便帶在行篋※39，解解悶兒，當小說書看罷了，何足掛齒。」再望下翻，是一本蘇東坡※40手寫的陶詩※41，就是毛子晉※42所仿刻的祖本※43。紹殷再三贊嘆不絕，隨便問道：「先生本是科第世家※44，為甚不在功名上講求，卻操此冷業？雖說富貴浮雲，未免太高尚了罷。」老殘嘆道：「閣下以『高尚』二字許我，實過獎了。鄙人並非無志功名。一則，性情過於疏放，不合時宜；二則俗說『攀得高，跌得重』※45，不想攀高是想跌輕些的意思。」

紹殷道：「昨晚在裡頭吃便飯，宮保談起：『幕府人才濟濟，凡有所聞的，無不羅致於此了。』同坐姚雲翁便道：『目下就有一個人在此，宮保並未羅致。』宮保急問：『是誰？』姚雲翁就將閣下學問怎樣，品行怎樣，而又通達人情、熟諳※46世勢，怎樣怎樣，說得宮保抓耳撓腮※47，十分歡喜。宮保就叫兄弟立刻寫個內文案札子※48送來。那是兄弟答道：『這樣恐不妥當。此人既非候補，又非投効※49，且還不知他有什麼功名，札子不甚好下。』宮保說：『那麼就下個關書※50去請。』兄弟說：『若要請他看病，那是一請就到的；若要招致幕府，不知他願意不願意，須先問他一聲才好。』宮保說：『很好。你明天就去探

山東巡撫張曜像，本回的張宮保即為光緒年間的山東巡撫張曜，於1886－1891年任山東巡撫。

探口氣，你就同了他來見我一見。』為此，兄弟今日特來與閣下商議，可否今日同到裡面見宮保一見？」

老殘道：「那也沒有甚麼不可，只是見宮保須要冠帶※51，我卻穿不慣，能便

註

※39 篋：讀作「竊」。置物箱。

※40 蘇東坡：蘇東坡（西元一〇三六至一一〇一年），字子瞻，宋眉州眉山人。擅長詩、詞、文、書、畫。自號東坡居士，卒謚文忠。著有《東坡集》、《東坡詞》等。

※41 陶詩：即陶淵明的詩。陶淵明（西元三六五至四二七年），東晉潯陽柴桑人，陶侃的曾孫，一名淵明，字元亮，擅長作詩，爲古今隱逸詩人的宗師。

※42 毛子晉：毛晉，（西元一五九九至一六五九年）。原名鳳苞，字子晉，江蘇常熟（今江蘇常熟）崑承湖七星橋（亦名曹家濱）人，明代末年有名的藏書家，他的藏書室名爲汲古閣，刻印許多古書留傳於世。

※43 仿刻的祖本：仿照古書的樣式複刻的底本。

※44 科第世家：家中連續幾代都考中科舉，因而獲得官位。

※45 攀得高，跌得重：不擇手段往上爬的人，爬的地位愈高，失敗就愈慘重。

※46 熟諳：知道得很詳細。諳，讀作「安」。

※47 抓耳撓腮：抓抓耳朵，搔搔腮幫子。形容人在喜悅、生氣、焦急或苦悶時的神情。

※48 札子：官府中的往來文書。

※49 投劾：自己前往官府請求效力。劾，同今效字，是效的異體字。

※50 關書：古代聘請老師或幕僚的契約、聘書。

※51 冠帶：頂冠與腰帶。此指穿著正式服裝。

衣相見就好。」紹殷道：「自然便衣。稍停一刻，我們同去。你到我書房裡坐等。宮保午後從裡邊下來，我們就在簽押房※52裡見了。」說著，又喊了一乘轎子。

老殘穿著隨身衣服，同高紹殷進了撫署。原來這山東撫署是明朝的齊王※53府，故許多地方仍用舊名。進了三堂，就叫「宮門口」。旁邊就是高紹殷的書房，對面便是宮保的簽押房。◎3

方到紹殷書房坐下，不到半時，只見宮保已從裡面出來，身體甚是魁梧，相貌卻還仁厚。高紹殷看見，立刻迎上前去，低低說了幾句。只聽張宮保連聲叫道：「請過來，請過來。」便有個差官跑來喊道：「宮保請鐵老爺。」老殘連忙走來，向莊宮保對面一站。張云：「久慕得很！」用手一伸，腰一呵，說：「請裡面坐。」差官早將軟簾打起。

老殘進了房門，深深作了一個揖。宮保讓在紅木炕上首坐下，紹殷對面相陪。另外搬了一張方杌凳在兩人中間，宮保坐了，便問道：「聽說補殘先生學問經濟※55都出眾的很。兄弟以不學之資，聖恩叫我做這封疆大吏※56。別省不過盡心吏治就完了，本省更有這個河工※57，實在難

✦宮保讓老殘在紅木炕上首坐下。（圖片來源：民國石印本《老殘遊記》，陸子常繪）

辦，所以兄弟沒有別的法子，但凡聞有奇才異能之士，都想請來，也是集思廣益的意思。倘有見到的所在，能指教一二，那就受賜得多了。」老殘道：「宮保的政聲※58，有口皆碑，那是沒有得說的了。只是河工一事，聽得外邊議論，皆是本賈讓※59三策，主不與河爭地※60的？」宮保道：「原是呢。你看，河南的河面多寬，此

註

※52 簽押房：古代官員的辦公室。
※53 齊王：朱榑（西元一三六四至一四二八年），爲明太祖朱元璋第七個兒子，受封爲齊王。
※54 東朝房、西朝房、宮門口等詞語：依照文意可知應是指古代的宮廷與王府的房屋配置稱呼。
※55 經濟：經世濟民的簡稱。
※56 封疆大吏：指清朝擁有軍政大權的地方首長，如：巡府、總督等。權力之大，如同古代分封的諸侯，所以稱爲封疆大吏。
※57 河工：此指治理黃河的工程。
※58 政聲：官吏施政所得輿論上的反應。
※59 賈讓三策：賈讓，生卒年不詳，西漢著名水利家。他提出治理黃河的三個方案：「徙冀州之民當水沖者，決黎陽遮害亭放河使北入海」是爲上策。語譯：把居住在冀州黃河沿岸的居民搬走，把黎陽遮害亭這裡的堤防打開，引導黃河的水使它向北流入大海。「多穿漕渠於冀州地，使民得以溉田，分殺水怒。」是爲中策。語譯：在多冀州這裡多開鑿幾條運河，讓人民可以用河水來灌溉農田，分散水勢。最下策是「繕完故堤，增卑倍薄」，「勞費無已，數逢其害。」即修築堤防來防堵河水，但這是浪費人力與財力的方法，而且仍無法有效預防黃河氾濫潰堤。
※60 主不與河爭地：主張放寬河面，不侷限河道，讓河水淹沒附近的村莊，所以要先把居住在河流必經之地附近的居民先搬遷，此即賈讓三策中的上策。

評批

◎ 3：濟南撫署，相傳爲齊王府。署中有東朝房、西朝房、宮門口、東宮、西宮、五鳳樓、五朝門等名目※54，至今仍舊。

地的河面多窄呢。」老殘道：「不是這麼說。河面窄，容不下，只是伏汛※[61]幾十天。其餘的時候，水力甚軟，沙所以易淤。要知賈讓只是文章做得好，他也沒有辦過河工。賈讓之後，不到一百年，就有個王景出來了。他治河的法子乃是從大禹一脈下來的，專主『禹抑洪水』※[62]的『抑』字，與賈讓之說正相反背。自他治過之後，一千多年沒河患。明朝潘季馴※[63]、本朝靳文襄※[64]，皆略仿其意，遂享盛名。宮保想必也是知道的。」

宮保道：「王景是用何法子呢？」老殘道：「他是從『播為九河，同為逆河』※[65]，『播』『同』兩個字上悟出來的。《後漢書》上也只有『十里立一水門，令更相迴注』※[66]兩句話。至於其中曲折，亦非傾蓋之間※[67]所能盡的，容慢慢的做個說帖※[68]呈覽，何如？」

張宮保聽了，甚為喜歡，向高紹殷道：「你叫他們趕緊把那南書房三間收拾，即請鐵先生就搬到衙門裡來住罷，以便隨時領教。」老殘道：「宮保雅愛，甚為感激。只是目下有個親戚在曹州府住，打算去探望一遭；並且風聞玉守的政聲，也要

張曜任職山東巡撫期間，因治水賑災受到百姓感念，照片為太明湖畔紀念張曜的張公祠。（圖片來源：《亞東印畫輯》第5冊）

去參考參考，究竟是個何等樣人。等鄙人從曹州回來，再領宮保的教罷。」宮保神色甚為怏怏。說完，老殘即告辭，同紹殷出了衙門，各自回去。◎4

未知老殘究竟是到曹州與否，且聽下回分解。

註

※61伏汛：夏季河水盛漲。

※62禹抑洪水：出自《孟子．滕文公章句下》：「昔者禹抑洪水而天下平」，大禹制止洪水而使得天下太平。

※63潘季馴：潘季馴（西元一五二一至一五九五年），字時良，號印川，浙江烏程匯沮村（今湖州吳興環渚街道常溪村）人。明代水利專家，治黃河有功的人物。

※64靳文襄：名靳輔（西元一六三三年至一六九二年），字紫垣，遼陽州（今遼寧遼陽）人，清代大臣，水利專家。治黃河有功，卻被御史郭琇誣陷治黃河無功而被免職。

※65播爲九河，同爲逆河：出自《尚書．禹貢》：「北播爲九河，同爲逆河，入於海。」語譯：黃河向北分散爲九條支流，都與海潮相通，流入海中。

※66十里立一水門，令更相洄注：出自《後漢書．卷七六．循吏傳．王景傳》：「十里立一水門，令更相洄注，無復潰漏之患。」這句話意思是說：「每隔十里設置一個水閘，使水流盤旋迴轉，不會再有潰堤的災禍發生。」

※67傾蓋之間：傾蓋指途遇友好，停車靠近交談。傾蓋之間，指的是見面談話的短暫時間。

※68說帖：條陳意見及辦法的書簡。

※69莊勤果：張曜（西元一八三二至一八九一年），字亮臣，號朗齋，順天府大興人，清朝官員。曾任廣西巡撫、山東巡撫，死後贈太子太保，謚勤果。編註者按：有版本「張宮保」作「莊公保」，此處「莊勤果」，皆指張曜。

評批

◎4：莊勤果※69公延攬海内名士，有見善若不及之勢。

第四回　宮保求賢愛才若渴　太尊治盜疾惡如仇

話說老殘從撫署出來，即將轎子辭去，步行在街上遊玩了一會兒，又在古玩店裡盤桓些時。傍晚回到店裡，店裡掌櫃的連忙跑進屋來說聲「恭喜」，老殘茫然不知道是何事。

掌櫃的道：「我適才聽說院上高大老爺親自來請你老，說是撫台要想見你老，因此一路進衙門的。你老真好造化※1！上房一個李老爺、一個張老爺，都拿著京城裡的信去見撫臺，三次五次的見不著。偶然見著回把，這就要鬧脾氣、罵人，動不動就要拿片子送人到縣裡去打※2。像你老這樣撫臺央出文案老爺來請進去談談，這面子有多大！那怕不是立刻就有差使的嗎？怎麼樣不給你老道喜呢！」

老殘道：「沒有的事，你聽他們胡說呢。高大老爺是我

照片為民初之山東省政府，前身即為清代之山東巡撫衙門，珍珠泉亦位於此處。（圖片來源：《亞東印畫輯》第5冊）

替他家醫治好了病，我說，撫臺衙門裡有個珍珠泉※3，可能引我們去見識見識？所以昨日高大老爺偶然得空，來約我看泉水的，那裡有撫臺來請我的話！」掌櫃的道：「我知道的，你老別騙我。先前高大老爺在這裡說話的時候，我聽他管家說，撫臺進去吃飯，走從高大老爺房門口過，還嚷說：『你趕緊吃過飯就去約那個鐵公來哪！去遲，恐怕他出門，今兒就見不著了。』」老殘笑道：「你別信他們胡謅，沒有的事。」掌櫃的道：「你老放心，我不問你借錢。」

只聽外邊大嚷：「掌櫃的在那兒呢？」掌櫃的慌忙跑出去。只見一個人，戴了亮藍頂子※4，拖著花翎※5，穿了一雙抓地虎靴子，紫呢夾袍，天青哈喇※6馬褂，一手提著燈籠，一手拿了個雙紅名帖，嘴裡喊：「掌櫃的呢？」掌櫃的說：「在

註

※1造化：福氣、幸運。
※2拿片子送人到縣裡去打：古代地方上仗勢欺人者或與官府有勾結往來者，可以拿私人的名片，將得罪自己的人送去衙門受刑罰。片子，即名片。
※3珍珠泉：位於山東省濟南市境內，屬於七十二名泉之一。
※4亮藍頂子：清代三品官員所戴的禮帽，鑲以藍寶石。
※5花翎：清代以孔雀翎裝飾的官品帽子。
※6哈喇：毛織物。爲呢絨的最上品，産於俄國。

這兒，在這兒！你老啥事？」那人道：「你這兒有位鐵爺嗎？」掌櫃的道：「不錯，不錯，在這東廂房裡住著呢，我引你去。」

兩人走進來，掌櫃指著老殘道：「這就是鐵爺。」那人趕了一步，進前請了一個安，舉起手中帖子，口中說道：「宮保說，請鐵老爺的安。今晚因學臺請吃飯，沒有能留鐵老爺在衙門裡吃飯，所以叫廚房裡趕緊辦了一桌酒席，叫立刻送過來。宮保說，不中吃，請鐵老爺格外包涵些。」那人回頭道：「把酒席抬上來。」

那後邊的兩個人抬著一個三屜的長方抬盒，揭了蓋子，頭屜是碟子小碗，第二屜是燕窩魚翅等類大碗，第三屜是一個燒小豬、一隻鴨子，還有兩碟點心。打開看

✦只見一個人，戴了亮藍頂子，一手拿了個雙紅名帖。（圖片來源：民國石印本《老殘遊記》，陸子常繪）

過，那人就叫：「掌櫃的呢？」這時，掌櫃同茶房等人站在旁邊，久已看獃[7]了，聽叫，忙應道：「啥事？」那人道：「你招呼著送到廚房裡去。」老殘忙道：「宮保這樣費心，是不敢當的。」一面讓那人房裡去坐坐吃茶，那人再三不肯。老殘固讓，那人才進房，在下首一個杌子上坐下。讓他上炕，死也不肯。

老殘拿茶壺，替他倒了碗茶。那人連忙立起，請了個安道謝，因說道：「聽宮保吩咐，趕緊打掃南書房院子，請鐵老爺明後天進去住呢。將來有甚麼差遣，只管到武巡捕房[8]呼喚一聲，就過去伺候。」老殘道：「豈敢，豈敢。」那人便站起來，又請了個安，說：「告辭，要回衙消差，請賞個名片。」老殘一面叫茶房來，給了挑盒子的四百錢，一面寫了個領謝帖子，送那人出去。那人再三固讓，老殘仍送出大門，看那人上馬去了。

老殘從門口回來，掌櫃的笑眯眯[9]的迎著說道：「你老還要騙我！這不是撫

註

※7獃：今作「呆」。癡愚。
※8武巡捕房：負責守衛衙署的安全與維持秩序。
※9眯眯：眼皮微合的樣子。同「瞇」。

臺大人送了酒席來了嗎？剛才來的，我聽說是武巡捕赫大老爺，他是個參將※10呢。這二年裡，住在俺店裡的客，撫臺也常有送酒席來的，都不過是尋常酒席，差個戈什※11來就算了。像這樣尊重，俺這裡是頭一回呢。」老殘道：「那也不必管他，尋常也好，異常也好，只是這桌菜怎樣銷法呢？」

掌櫃的道：「或者分送幾個至好朋友，或者今晚趕寫一個帖子，請幾位體面客，明兒帶到大明湖上去吃。撫臺送的，比金子買的還榮耀呢。」老殘笑道：「既是比金子買的還要榮耀，可有人要買？我就賣他兩把金子來，抵還你的房飯錢罷。」掌櫃的道：「別忙，你老房飯錢，我很不怕，自有人來替你開發※12。你老不信，試試我的話，看靈不靈。」老殘道：「管他怎麼呢，只是今晚這桌菜，依我看，倒是轉送了你去請客罷。我很不願意吃他，怪煩的慌。」

二人講了些時，仍是老殘請客，就將這本店的住客都請到上房明間裡去。這上房住的，一個姓李，一個姓張，本是極倨傲的。今日見撫臺如此契重※13，正在想法聯絡聯絡，以

一家中國客棧的手繪圖，為英國傳教士Hudson Taylor於1887年繪製。

為託情謀保舉地步。卻遇老殘借他的外間請本店的人，自然是他二人上坐，喜歡的無可如何。所以這一席間，將個老殘恭維得渾身難受，十分沒法，也只好敷衍幾句。好容易一席酒完，各自散去。

那知這張李二公，又親自到廂房裡來道謝，一替一句，又奉承了半日。姓李的道：「老兄可以捐※14個同知※15，今年隨摺一個過班※16，明年春間大案※17，又是一個過班，秋天引見※18，就可得濟東泰武臨道※19。先署後補，是意中事。」姓張的

註

※10參將：明清兩代的官名。清代的參將與現在的上校官職相等。也稱爲「參戎」。
※11戈什：清朝文武官員身邊的護衛。
※12開發：支付。
※13契重：器重。
※14捐：指捐官。繳納錢財以求取官職。清代三品以下的官，可以透過捐官來取得官位。
※15同知：指正官之副。凡主管一事而不授以正官之名，則謂之知某事。清代的地方長官稱爲「知府」，次官稱爲「同知」，爲正五品的官員。
※16過班：清朝官吏因爲上司的保舉或捐了錢而遷升官階。
※17大案：地方官員向朝廷同時列名舉薦一大批人。
※18引見：引導覲見皇帝。
※19濟東泰武臨道：簡稱濟東道，管轄濟南府（今山東省濟南市）、東昌府（今山東省聊城市東昌府區）、泰安府（今山東省泰安市）、武定府（今山東省境內）、臨清直隸州。

道：「李兄是天津的首富，如老兄可以照應他得兩個保舉，這捐官之費，李兄可以拿出奉借。等老兄得了優差，再還不遲。」老殘道：「承兩位過愛，兄弟總算有造化的了，只是目下尚無出山[※20]之志，將來如要出山，再為奉懇。」兩人又力勸了一回，各自回房安寢。

老殘心裡想道：「本想再為盤桓兩天，看這光景，恐無謂的糾纏，要越逼越緊了。『三十六計，走為上計』。」[※21]當夜遂寫了一封書，託高紹殷代謝張宮保的厚誼。天未明即將店帳算清楚，雇了一輛二把手的小車，就出城去了。◎1

出濟南府西門，北行十八里，有個鎮市，名叫雒口[※25]。當初黃河未併大清河的時候，凡城裡的七十二泉泉水，皆從此地入河，本是個極繁盛的所在。自從黃河併了，雖仍有貨船來往，究竟不過十分之一二，差得遠了。

老殘到了雒口，雇了一隻小船，講明逆流送到曹州府屬董家口下船，先付了兩吊錢，船家買點柴米。卻好本日是東南風，掛起帆來，呼呼的去了。走到太陽將要落山，已到了齊河縣城[※26]，拋錨住

✦濟南雒口與黃河鐵橋。（圖片來源：1929年《圖畫時報》）

下。第二日住在平陰※27，第三日住在壽張※28，第四日便到了董家口※29，仍在船上住了一夜。天明開發船錢，將行李搬在董家口一個店裡住下。

這董家口本是曹州府到大名府的一條大道，故很有幾家車店。這家店就叫個董二房老店，掌櫃的姓董，有六十多歲，人都叫他老董。只有一個夥計，名叫王三。

註

※20出山：比喻出來做官。

※21三十六計，走爲上計：事態已經難以挽回，別無良策，唯有一走了事。語出《南齊書．卷二六．王敬則傳》：「敬則曰：『檀公三十六策，走是上計，汝父子唯應急走耳。』」語譯：敬則說：「檀道濟大人，現在事態危急，離開此地才是良策，你們父子應該速速離開。」

※22戰國四公子：戰國時，齊孟嘗君、魏信陵君、趙平原君、楚春申君，皆以尊賢養士著名，時稱「四公子」。此處借戰國四公子養士的事蹟，來形容莊勤果能夠禮賢下士，招募了許多幕僚爲其所用。

※23雞鳴狗盜：戰國時秦昭王囚孟嘗君，打算加以殺害。孟嘗君的門客，一個裝狗入秦宮偷狐白裘；另一個學雞叫使函谷關關門早開，孟嘗君因此而脫難。典出《史記．卷七五．孟嘗君傳》。後以比喻有某種卑下技能的人，或指卑微的技能。

※24國士：全國所推崇景仰的人。

※25雒口：今易俗河鎮，湖南省湘潭市湘潭縣下轄鎮。古代稱爲雒口，當時是江南重鎮。

※26齊河縣城：齊河縣，今山東省德州市。

※27平陰：平陰縣，今隸屬於山東省濟南市管轄。

※28壽張：古代縣城，漢代設置。今東平縣境內。

※29董家口：今菏澤市鄆城縣。

評批

◎ 1：莊勤果公撫東時，内文案一百三十餘人，隨工差遣者三百餘人，有戰國四公子※22之風。然而雞鳴狗盜※23間出其間，國士※24羞之。（劉鶚評）

老殘住在店內，本該雇車就往曹州府去，因想沿路打聽那玉賢的政績，故緩緩起行，以便察訪。

這日有辰牌※30時候，店裡住客，連那起身極遲的也都走了。店夥打掃房屋，掌櫃的帳已寫完，在門口閒坐。老殘也在門口長凳上坐下，向老董說道：「聽說你們這府裡的大人，辦盜案好的很，究竟是個甚麼情形？」那老董歎口氣道：「玉大人官卻是個清官，辦案也實在盡力，只是手太辣些。初起還辦著幾個強盜，後來強盜摸著他的脾氣，這玉大人倒反做了強盜的兵器了。」

老殘道：「這話怎麼講呢？」老董道：「在我們此地西南角上，有個村莊，叫于家屯。這于家屯也有二百多戶人家。那莊上有個財主，叫于朝棟，生了兩個兒子，一個女兒。二子都娶了媳婦，養了兩個孫子，女兒也出了閣。這家人家過的日子很為安逸，不料禍事臨門，去年秋間，被強盜搶了一次。其實也不過搶去些衣服首飾，所值不過幾百吊錢。這家就報了案，經這玉大人極力的嚴拿※31，居然也拿住了兩個為從的強盜夥計，追出來的贓物不過幾件布衣服。那強盜頭腦早已不知跑到那裡去了。

「誰知因這一拿，強盜結了冤仇。到了今年春天，那強盜竟在府城裡面搶了一家子。玉大人雷厲風行的，幾天也沒有拿著一個人。過了幾天，又搶了一家子。搶過之後，大明大白的放火。你想，玉大人可能依呢？自然調起馬隊，追下來了。

「那強盜搶過之後，打著火把出城，手裡拿著洋槍，誰敢上前攔阻。出了東門，望北走了十幾里地，火把就滅了。玉大人調了馬隊，走到街上，地保※32、更夫※33就將這情形詳細稟報。當時放馬追出了城，遠遠還看見強盜的火把。追了二三十里，看見前面又有火光，帶著兩三聲槍響。玉大人聽了，怎能不氣呢？仗著膽子本來大，他手下又有二三十匹馬，都帶著洋槍，還怕什麼呢！一直的追去，不是火光，便是槍聲。到了天快明

騎在馬上的清朝官吏，攝於1874年
（圖片來源：世界數位圖書館）

註

※30辰牌：此處可能指的是辰時，指上午七點到九點的時間。
※31拿：捕捉。
※32地保：從前稱地方上的基層幹部，相當於現在的鄰里長。
※33更夫：古代打更巡夜的人。

時，眼看離追上不遠了，那時也到了這于家屯了。過了于家屯再往前追，槍也沒有，火也沒有。

「玉大人心裡一想，說道：『不必往前追，這強盜一定在這村莊上了。』當時勒回了馬頭，到了莊上，在大街當中有個關帝廟[34]下了馬。吩咐手下的馬隊，派了八個人，東南西北，一面兩匹馬把住，不許一個人出去。將地保、鄉約[35]等人叫起。這時天已大明了，這玉大人自己帶著馬隊上的人，步行從南頭到北頭，挨家去搜。搜了半天，一些形跡沒有。又從東望西搜去，剛剛搜到這于朝棟家，搜出三枝土槍，又有幾把刀，十幾根竿子。

「玉大人大怒，說強盜一定在他家了。坐在廳上，叫地保來問：『這是甚麼人家？』地保回道：『這家姓于。老頭子叫于朝棟，有兩個兒子，大兒子叫于學詩，二兒子叫于學禮，都是捐的監生[36]。』

「玉大人立刻叫把這于家父子三個帶上來。你想，一個鄉下人，見了府裡大人來了，又是盛怒之下，那有不怕的道理呢？上得廳房裡，父子三個跪下，已經是颯

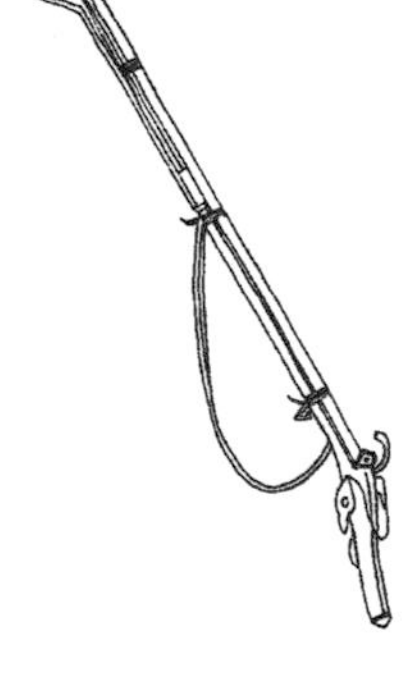

✦清代的槍械「素鐵大交槍」。（圖片來源：《皇朝禮器圖式》）

颯的抖，那裡還能說話？

「玉大人說道：『你好大膽！你把強盜藏到那裡去了？』那老頭子早已嚇的說不出話來。還是他二兒子，在府城裡讀過兩年書，見過點世面，膽子稍為壯些，跪著伸直了腰，朝上回道：『監生家裡向來是良民，從沒有同強盜往來的，如何敢藏著強盜？』玉大人道：『既沒有勾當強盜，這軍器從那裡來的？』于學禮道：『因去年被盜之後，莊上不斷常有強盜來，所以買了幾根竿子，叫田戶※37、長工輪班來幾個保家。因強盜都有洋槍，鄉下洋槍沒有買處，也不敢買。所以從他們打鳥兒的回了兩三枝土槍，夜裡放兩聲，驚嚇驚嚇強盜的意思。』

「玉大人喝道：『胡說！那有良民敢置軍火的道理！你家一定是強盜！』回頭叫了一聲：『來！』那手下人便齊聲像打雷一樣答應了一聲：『嗏※38！』玉大人

註

※34 關帝廟：祭祀關聖帝君的廟宇。關聖帝君，指關羽。

※35 鄉約：鄉里中掌理公共事務的人。

※36 監生：國子監生員稱監生。國子監，古代的教育管理機關和最高學府。

※37 田戶：農民。

※38 嗏：語氣詞，無義。多置於句末。讀作「ㄡ」。

清代拿著刀槍的兵卒，繪於1844年。（圖片來源：John Ouchterlony）

說：『你們把前後門都派人守了，替我切實的搜！』這些馬兵遂到他家，從上房裡搜起，衣箱櫥櫃，全行抖擻一個盡，稍為輕便值錢一點的首飾，就掖在腰裡去了。搜了半天，倒也沒有搜出甚麼犯法的東西。那知搜到後來，在西北角上，有兩間堆破爛農器的一間屋子裡，搜出了一個包袱，裡頭有七八件衣裳，有三四件還是舊綢子的。馬兵拿到廳上，回說：『在堆東西的裡房搜出這個包袱，不像是自己的衣服，請大人驗看。』

「那玉大人看了，眉毛一皺，眼睛一凝，說道：『這幾件衣服，我記得彷彿是前天城裡失盜那一家子的。姑且帶回衙門去，照失單查對。』就指著衣服向于家父子道：『你說這衣服那裡來的？』于家父子面面相窺，都回不出。還是于學禮說：『這衣服實在不曉得那裡來的。』玉大人就立起身來，吩咐：『留下十二個馬兵，同地保將于家父子帶回城去聽審！』說著就出去。跟從的人拉過馬來，騎上了馬，帶著餘下的人先進城去。

「這裡于家父子同他家裡人抱頭痛哭。這十二個馬兵說：『我們跑了一夜，肚子裡很餓，你們趕緊給我們弄點吃的，趕緊走罷！大人的脾氣誰不知道，越遲去越不得了。』地保也慌張的回去交代一聲，收拾行李，叫于家預備了幾輛車子，大家坐了進去。趕到二更多天才進了城。

「這裡于學禮的媳婦，是城裡吳舉人[※39]的姑娘，想著他丈夫同他公公、大伯子都被捉去的，斷不能鬆散，當時同他大嫂子商議，說：『他們爺兒三個都被拘了去，城裡不能沒個人照料。我想，家裡的事，大嫂子，你老照管著；這裡我也趕忙追進城去，找俺爸爸想法子去。你看好不好？』他大嫂子說：『很好，很好。我正想著城裡不能沒人照應。這些管莊子的都是鄉下老兒，就差幾個去，到得城裡也跟傻子一樣，沒有用處的。』

「說著，吳氏就收拾收拾，選了一掛雙套飛車[※40]，趕進城去。到了他父親面

註

※39舉人：明、清時，則稱鄉試中試的人爲「舉人」。

※40雙套飛車：用兩匹馬拉的快車。

前，嚎啕大哭。這時候不過一更多天，比他們父子三個，還早十幾里地呢。

「吳氏一頭哭著，一頭把飛災大禍※41告訴了他父親。他父親吳舉人一聽，渾身發抖，抖著說道：『犯著這位喪門星※42，事情可就大大的不妥了，我先去走一趟看罷！』連忙穿了衣服，到府衙門求見。號房※43上去回過，說：『大人說的，現在要辦盜案，無論甚麼人，一應不見。』

清末犯人照片，約攝於1897年。

「吳舉人同裡頭刑名師爺※44素來相好，連忙進去見了師爺，把這種種冤枉說了一遍。師爺說：『這案在別人手裡，斷然無事。但這位東家向來不照律例※45辦事的。如能交到兄弟書房裡來，包你無事。恐怕不交下來，那就沒法了。』

「吳舉人接連作了幾個揖，重託了出去。趕到東門口，等他親家、女婿進來。不過一鍾茶的時候，那馬兵押著車子已到。吳舉人搶到面前，見他三人面無人色。于朝棟看了看，只說了一句『親家救我』，那眼淚就同潮水一樣的直流下來。

「吳舉人方要開口，旁邊的馬兵嚷道：『大人久已坐在堂上等著呢！已經四五撥子馬來催過了，趕快走罷！』車子也並不敢停留。吳舉人便跟著車子走著，說道：『親家寬心！湯裡火裡，我但有法子，必去就是了。』

「說著，已到衙門口。只見衙裡許多公人出來催道：『趕緊帶上堂去罷！』當時來了幾個差人，用鐵鍊子將于家父子鎖好，帶上去。方跪下，玉大人拿了失單交下來，說：『你們還有得說的嗎？』于家父子方說得一聲『冤枉』，只聽堂上驚堂※46一拍，大嚷道：『人贓現獲，還喊冤枉！把他站起來！去！』左右差人連拖帶拽，拉下去了。」◎2

未知後事如何，且聽下回分解。

註

※41飛災大禍：即飛災橫禍。意外的災禍。
※42喪門星：值歲的凶煞。泛稱凶惡或使人倒楣、不幸的人。
※43號房：古代科舉考試的試場。
※44刑名師爺：州、縣專門負責訴訟等司法事務的幕僚。
※45律例：律與例都是傳統中國重要的法律規範，主要體現在明清兩代。
※46驚堂：古代官吏審案時，置於公案的長方形小木塊。用以拍擊桌面，發出響聲，以警戒受審人犯。
※47教士：此處應指基督教的傳教者。

評批

◎2：玉賢撫山西，其虐待教士※47，並令兵丁強姦女教士，種種惡狀，人多知之。至其守曹州，大得賢聲，當時所爲，人多不知，幸賴此書傳出，將來可資正史採用，小說云乎者。（劉鶚評）

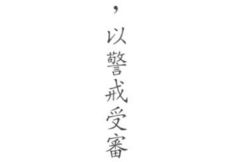

第五回　烈婦有心殉節　鄉人無意逢殃

話說老董說到此處，老殘問道：「那不成就把這人家爺兒三個都站死了嗎？」老董道：「可不是呢！那吳舉人到府衙門請見的時候，他女兒——于學禮的媳婦——也跟到衙門口。借了延生堂的藥鋪裡坐下，打聽消息。聽說府裡大人不見他父親，已到衙門裡頭求師爺去了。吳氏便知事體不好，立刻叫人把三班※1頭兒請來。

「那頭兒姓陳，名仁美，是曹州府著名的能吏。吳氏將他請來，把被屈的情形告訴了一遍，央他從中設法。陳仁美聽了，把頭連搖幾搖，說：『這是強盜報仇，做的圈套。你們家又有上夜的，又有保家的，怎麼就讓強盜把贓物送到家中屋子裡還不知道？也算得個特等迷糊了！』吳

約攝於1900年左右的站籠刑罰照片。（圖片來源：Walter Kurze）

氏就從手上抹下一副金鐲子，遞給陳頭，說：『無論怎樣，總要頭兒費心！但能救得三人性命，無論花多少錢都願意。不怕將田地房產賣盡，咱一家子要飯吃去都使得。』

「陳頭兒道：『我去替少奶奶設法，做得成也別歡喜，做不成也別埋怨，俺有多少力量用多少力量就是了。這早晚，他爺兒三個恐怕要到了，大人已是坐在堂上等著呢。我趕快替少奶奶打點去。』說罷告辭。回到班房，把金鐲子望堂中桌上一擱，開口道：『諸位兄弟叔伯們，今兒于家這案明是冤枉，諸位有甚麼法子，大家幫湊想想。如能救得他們三人性命，一則是件好事，二則大家也可沾潤幾兩銀子。誰能想出妙計，這副鐲就是誰的。』大家答道：『那有一准的法子呢！只好相機行事，做到那裡說那裡話罷。』說過，各人先去通知已站在堂上的夥計們留神方便。

「這時于家父子三個已到堂上，玉大人叫把他們站起來。就有幾個差人橫拖倒拽，將他三人拉下堂去。這邊值日頭兒就走到公案面前，跪了一條腿，回道：『稟大人的話：今日站籠沒有空子，請大人示下。』那玉大人一聽，怒道：『胡說！我

※1三班：古代州、縣衙門中的衙役。分爲皁班，掌看守牢獄；壯班，掌召捕；快班，掌偵緝。

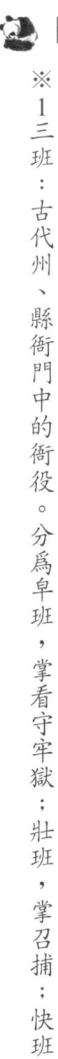

這兩天記得沒有站甚麼人，怎會沒有空子呢？」值日差回道：『只有十二架站籠，三天已滿。請大人查簿子看。』

「大人一查簿子，用手在簿子上點著說：『一，二，三：昨兒是三個。一，二，三，四：大前兒是四個。一，二，三，四，五：前兒是五個。一，二，三，四，五：前兒是五個。沒有空，倒也不錯的。』差人又回道：『今兒可否將他們先行收監，明天定有幾個死的，等站籠出了缺，將他們補上好不好？請大人示下！』

「玉大人凝了一凝神，說道：『我最恨這些東西！若要將他們收監，豈不是又被他多活了一天去了嗎？斷乎不行！你們去把大前天站的四個放下，拉來我看。』

「差人去將那四人放下，拉上堂去。大人親自下案，用手摸著四人鼻子，說道：『是還有點游氣。』復行坐上堂去，說：『每人打二千板子，看他死不死！』那知每人不消得幾十板子，那四個人就都死了。

清代犯人被衙役壓在地上，用木棒擊打，由J. Dadley於1801年繪製。（圖片來源：Wellcome Collection）

「眾人沒法，只好將于家父子站起，卻在腳下選了三塊厚磚，讓他可以三、四天不死，趕忙想法。誰知什麼法子都想到，仍是不濟。

「這吳氏真是好個賢惠婦人！他天天到站籠前來灌點參湯，灌了回去就哭，哭了就去求人，響頭不知磕了幾千，總沒有人挽回得動這玉大人的牛性。于朝棟究竟上了幾歲年紀，第三天就死了，于學詩到第四天也就差不多了。吳氏將于朝棟屍首領回，親視含殮※2，換了孝服，將他大伯、丈夫後事囑託了他父親，自己跪到府衙門口，對著于學禮哭了個死去活來。末後向他丈夫說道：『你慢慢的走，我替你先到地下收拾房子去！』說罷，袖中掏出一把飛利的小刀，向脖子上只一抹，就沒有了氣了。◎1

「這裡三班頭腦陳仁美看見，說：『諸位，這吳少奶奶的節烈，可以請得旌表※3的。我看，倘若這時把于學禮放下來，還可以活。我們不如借這個題目上去替他求一求罷。』眾人都說：『有理。』陳頭立刻進去找了稿案※4門上，把那吳氏怎樣

註

※2含殮：指將珠玉放入死者口中後將其下葬。

※3旌表：古代官府為表揚忠孝節義的人，所頒賜的牌坊或匾額。

※4稿案：古代官府中專管文件收發的人。

評批

◎1：玉賢殘酷，吳氏節烈，都寫得奕奕如生，有功於人心世道不少。（劉鶚評）

節烈說了一遍，又說：『民間的意思說：這節婦為夫自盡，情實可憫，可否求大人將他丈夫放下，以慰烈婦幽魂？』稿案說：『這話很有理，我就替你回去。』抓了一頂大帽子戴上，走到簽押房。見了大人，把吳氏怎樣節烈，眾人怎樣乞恩，說了一遍。◎2

「玉大人笑道：『你們倒好，忽然的慈悲起來了！你會慈悲于學禮，你就不會慈悲你主人嗎？這人無論冤枉不冤枉，若放下他，一定不能甘心，將來連我前程都保不住。俗語說的好，斬草要除根，就是這個道理。況這吳氏尤其可恨，他一肚子覺得我冤枉了他一家子。若不是個女人，他雖死了，我還要打他二千板子出出氣呢！你傳話出去：誰要再來替于家求情，就是得賄的憑據，不用上來回，就把這求情的人也用站籠站起來就完了！』稿案下來，一五一十將話告知了陳仁美。大家歎口氣就散了。◎3

「那裡吳家業已備了棺木前來收殮。到晚，于學詩、于學禮先後死了。一家四口棺木，都停在西門外觀音寺裡，我春間進城還去看了看呢！」

于朝棟與于學禮。（圖片來源：《繪圖老殘遊記》，1934年出版）

老殘道：「于家後來怎麼樣呢，就不想報仇嗎？」老董說道：「那有甚麼法子呢！民家被官家害了，除卻忍受，更有什麼法子？倘若是上控，照例仍舊發回來審問，再落在他手裡，還不是又饒上一個嗎？

「那于朝棟的女壻※5倒是一個秀才。四個人死後，于學詩的媳婦也到城裡去了一趟，商議著要上控。就有那老年見過世面的人說：『不妥，不妥！你想叫誰去呢？外人去，叫做事不干己，先有個多事的罪名。若說叫于大奶奶去罷，兩個孫子還小，家裡偌大的事業，全靠他一人支撐呢！他再有個長短，這家業怕不是眾親族一分，這兩個小孩子誰來撫養？反把于家香煙絕了。』又有人說：『大奶奶是去不得的，倘若是姑老爺去走一趟，倒沒有什麼不可。』他姑老爺說：『我去是很可以去，只是與正事無濟，反叫站籠裡多添個屈死鬼。你想，撫臺一定發回原官審問，縱然派個委員前來會審，官官相護，他又拿著人家失單衣服來頂我們。我們不過說：『那是強盜的移贓。』他們問：『你瞧見強盜移的嗎？』你有什麼憑據？那時自然說不出來。他是官，我們是民；他是有失單為憑的，我們是憑空裡沒有證據

註

※5 壻：同今婿字，是婿的異體字。女婿。

評批

◎ 2：陳仁美成吳少奶奶節烈，猶有人心，賢於玉賢遠矣。（劉鶚評）

◎ 3：玉賢對稿案所發議論，罪不容誅。哀哀我民，何遭此不幸！站籠裡多添個屈死鬼，尤其可慘。（劉鶚評）

的。你說，這官事打得贏打不贏呢？』眾人想想也是真沒有法子，只好罷了。

「後來聽得他們說：那移贓的強盜，聽見這樣，都後悔的了不得，說：『我當初恨他報案，毀了我兩個弟兄，所以用個「借刀殺人」的法子，讓他家吃幾個月官事，不怕不毀他一兩千吊錢。誰知道就鬧的這麼利害，連傷了他四條人命！委實我同他家也沒有這大的仇隙。』」

老董說罷，復道：「你老想想，這不是給強盜做兵器嗎？」老殘道：「這強盜所說的話又是誰聽見的呢？」老董道：「那是陳仁美他們碰了頂子下來，看這于家死的實在可慘，又平白的受了人家一副金鐲子，心裡也有點過不去，所以大家動了公憤，齊心齊意要破這一案。又加著那鄰近地方，有些江湖上的英雄，也恨這夥強盜做的太毒，所以不到一個月，就捉住了五、六個人。有三、四個牽連著別的案情的，都站死了；有兩三個專只犯于家移贓這一案的，被玉大人都放了。」

老殘說：「玉賢這個酷吏，實在令人可恨！他除了這一案不算，別的案子辦的

古代的衙役像。

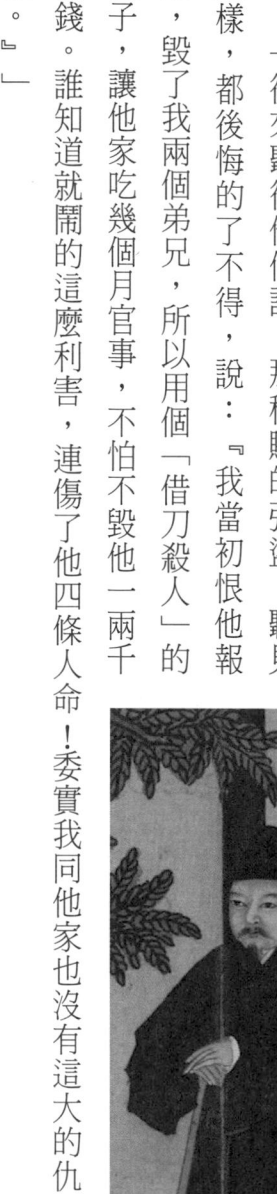

怎麼樣呢？」老董說：「多著呢，等我慢慢的說給你老聽。就咱這個本莊，就有一案，也是冤枉，不過條把人命就不算事了。我說給你老聽……」

正要往下說時，只聽他夥計王三喊道：「掌櫃的，你怎麼著了？大家等你挖麵做飯吃呢！你老的話布口袋破了口兒，說不完了！」老董聽著就站起，走往後邊挖麵做飯。接連又來了幾輛小車，漸漸的打尖※6的客陸續都到店裡，老董前後招呼，不暇來說閒話。

過了一刻，吃過了飯，老董在各處算飯錢，招呼生意，正忙得有勁，老殘無事，便向街頭閒逛。出門望東走了二、三十步，有家小店，賣油鹽雜貨。老殘進去買了兩包蘭花潮煙※7，順便坐下，看櫃臺裡邊的人，約有五十多歲光景，就問他：「貴姓？」那人道：「姓王，就是本地人氏。你老貴姓？」老殘道：「姓鐵，江南人氏。」那人道：「江南真好地方！『上有天堂，下有蘇杭』※8，不像我們這地獄世界。」老殘道：「此地有山有水，也種稻，也種麥，與江南何異？」那人歎口氣

註

※6打尖：行旅途中休息或進食。

※7潮煙：產於廣東潮州的菸草。

※8上有天堂，下有蘇杭：比喻蘇州、杭州是人世間最富庶美好的地方。

道：「一言難盡。」就不往下說了。

老殘道：「你們這玉大人好嗎？」那人道：「是個清官！是個好官！衙門口有十二架站籠，天天不得空，難得有天把空得一個兩個的。」說話的時候，後面走出一個中年婦人，在山架上檢尋物件，手裡拿著一個粗碗，看櫃臺外邊有人，他看了一眼，仍找物件。

老殘道：「那有這麼些強盜呢？」那人道：「誰知道呢！」老殘道：「恐怕總是冤枉得多罷？」那人道：「不冤枉，不冤枉！」老殘道：「聽說他隨便見著甚麼人，只要不順他的眼，他就把他用站籠站死；或者說話說的不得法，犯到他手裡，也是一個死。有這話嗎？」那人說：「沒有！沒有！」

只是覺得那人一面答話，那臉就漸漸發青，眼眶子就漸漸發紅。聽到「或者說話說的不得法」這兩句的時候，那人眼裡已經擱了許多淚，未曾墜下。那找尋物件的婦人，朝外一看，卻止不住淚珠直滾下來，也不找尋物件，一手拿著碗，一手用袖子掩了眼睛，跑往後面去，才走到院子裡，就魏魏※9的哭起來了。

清代衙門審案照片。

老殘頗想再望下問，因那人顏色※10過於淒慘，知道必有一番負屈含冤的苦，不敢說出來的光景，也只好搭訕著去了。走回店去就到本房坐了一刻，看了兩頁書。見老董事也忙完，就緩緩的走出，找著老董閒話。便將剛才小雜貨店裡所見光景告訴老董，問他是甚麼緣故。

老董說：「這人姓王，只有夫妻兩個，三十歲上成家。他女人小他頭十歲呢。成家後只生了一個兒子，今年已經二十一歲了。這家店裡的貨，粗笨的，本莊有集的時候買進；那細巧一點子的，都是他這兒子到府城裡去販買。春間，他兒子在府城裡，不知怎樣，多吃了兩杯酒，在人家店門口，就把這玉大人怎樣糊塗，怎樣好冤枉人，隨口瞎說。被玉大人心腹私訪的人聽見，就把他抓進衙門。大人坐堂，只罵了一句，說：『你這東西謠言惑眾，還了得嗎！』站起站籠，不到兩天就站死了。你老才見的那中年婦人就是這王姓的妻子，他也四十歲外了。夫妻兩個只有此子，另外更無別人。你提起玉大人，叫他怎樣不傷心呢？」

註

※9 覹覹：形容啼泣的聲音。讀作「如如」。

※10 顏色：面容、臉色。

老殘說：「這個玉賢真正是死有餘辜的人，怎樣省城官聲好到那步田地？煞是怪事！我若有權，此人在必殺之例。」老董說：「你老小點嗓子！你老在此地，隨便說說還不要緊；若到城裡，可別這麼說了，要送性命的呢！」老殘道：「承關照，我留心就是了。」當日吃過晚飯，安歇。第二天，辭了老董，上車動身。

到晚，住了馬村集。這集比董家口略小些，離曹州府城只有四、五十里遠近。老殘在街上看了，只有三家車店，兩家已經住滿，只有一家未有人住，大門卻是掩著。老殘推門進去，找不著人。半天才有一個人出來說：「我家這兩天不住客人。」問他甚麼緣故，卻也不說。欲往別家，已無隙地，不得已，同他再三商議。那人才沒精打采的開了一間房間，嘴裡還說：「茶水飯食都沒有的，客人沒地方睡，在這裡將就點罷。我們掌櫃的進城收屍去了，店裡沒人，你老吃飯喝茶，門口南邊有個飯店帶茶館，可以去的。」老殘連聲說：「勞駕，勞駕。行路※11的人怎樣將就都行得的。」那人說：「我困※12在大門旁邊南屋

✦描繪清代衙門審案的畫作，由J. Dadley於1801年繪製。（圖片來源：Wellcome Collection）

裡，你老有事，來招呼我罷。」

老殘聽了「收屍」二字，心裡著實放心不下。晚間吃完了飯，回到店裡，買了幾塊茶乾，四五包長生果，又沽了兩瓶酒，連那沙瓶攜了回來。那個店夥早已把燈掌上，老殘對店夥道：「此地有酒，你閂了大門，可以來喝一杯吧。」店夥欣然應諾，跑去把大門上了大門，一直進來，立著說：「你老請用罷，俺是不敢當的。」老殘拉他坐下，倒了一杯給他。他歡喜的支著牙，連說「不敢」，其實酒杯子早已送到嘴邊去了。

初起說些閒話，幾杯之後，老殘便問：「你方才說掌櫃的進城收屍去了，這話怎講？難道又是甚人害在玉大人手裡了嗎？」那店夥說道：「仗著此地一個人也沒有，我可以放肆說兩句：俺們這個玉大人真是了不得！賽過活閻王，碰著了就是個死！

「俺掌櫃的進城，為的是他妹夫。他這妹夫也是個極老實的人。因為掌櫃的哥

註
※11行路：依照文意，此處應指旅人的意思，或指出門在外的人。
※12困：睡。同「睏」。

妹兩個極好，所以都住在這店裡後面。他妹夫常常在鄉下機上買幾匹布，到城裡去賣，賺幾個錢貼補著零用。那天背著四匹白布進城，在廟門口擺在地下賣，早晨賣去兩匹，後來又賣去了五尺。末後又來一個人，撕八尺五寸布，一定要在那整匹上撕，說情願每尺多給兩個大錢※13，就是不要撕過那匹上的布。鄉下人見多賣十幾個錢，有個不願意的嗎？自然就給他撕了。

「誰知沒有兩頓飯工夫，玉大人騎著馬，走廟門口過，旁邊有個人上去不知說了兩句甚麼話，只見玉大人朝他望了望，就說；『把這個人連布帶到衙門裡去。』

「到了衙門，大人就坐堂，叫把布呈上去，看了一看，就拍著驚堂問道：『你這布那裡來的？』他說：『我鄉下買來的。』又問：『每個有多少尺寸？』他說：『一

玉大人騎著馬，走廟門口過，旁邊有個人上去不知說了兩句甚麼話。（圖片來源：民國石印本《老殘遊記》，陸子常繪）

個賣過五尺，一個賣過八尺五寸。』大人說：『你既是零賣，兩個是一樣的布，為甚麼這個上撕撕，那個上扯扯呢？還賸※14多少尺寸，怎麼說不出來呢？』叫差人：『替我把這布量一量！』當時量過，報上去說：『一個是二丈五尺，一個是二丈一尺五寸。』

「大人聽了，當時大怒，發下一個單子來，說：『你認識字嗎？』他說：『不認識。』大人說：『念給他聽！』旁邊一個書辦※15先生拿過單子念道：『十七日早，金四報：昨日太陽落山時候，在西門外十五里地方被劫。是一個人從樹林子裡出來，用大刀在我肩膀上砍了一刀，搶去大錢一吊四百，白布兩個：一個長二丈五尺，一個長二丈一尺五寸。』念到此，玉大人說：『布匹尺寸顏色都與失單相符，這案不是你搶的嗎？你還想狡強※16嗎？拉下去站起來！把布匹交還金四完案。』」

未知後事如何，且聽下回分解。

註

※13大錢：即銅圓，銅幣的一種。自清末到抗戰初所通用。
※14賸：通「剩」。
※15書辦：衙署中掌管文書或簿記的官吏。
※16狡強：狡辯的意思，狡猾強辯。

第六回　萬家流血頂染猩紅　一席談心辯生狐白

話說店夥說到將掌櫃的妹夫扯去站了站籠，布匹交金四完案。老殘便道：「這事我已明白，自然是捕快※1做的圈套，你們掌櫃的自然應該替他收屍去的。但是，他一個老實人，為什麼人要這麼害他呢，你掌櫃的就沒有打聽打聽嗎？」

店夥道：「這事，一被拿我們就知道了，都是為他嘴快惹下來的亂子。我也是聽人家說的，府裡南門大街西邊小胡同裡，有一家子只有父子兩個。他爸爸四十來歲，他女兒十七、八歲，長的有十分人材，還沒有婆家。他爸爸做些小生意，住了三間草房，一個土牆院子。這閨女有一天在門口站著，碰見了府裡馬隊上什長※2花胳膊王三，因此王三看他長的體面，不知怎麼，胡二巴越※3的就把他弄上手了。過了些時，活該有事，被他爸爸回來一頭碰

1934年出版《繪圖老殘遊記》中的老殘像。

見，氣了個半死，把他閨女著實打了一頓，就把大門鎖上，不許女兒出去。不到半個月，那花胳膊王三就編了法子，把他爸爸也算了個強盜，用站籠站死。後來不但他閨女算了王三的媳婦，就連那點小房子也算了王三的產業。

「俺掌櫃的妹夫，曾在他家賣過兩回布，認得他家，知道這件事情。有一天，在飯店裡多吃了兩鍾酒，就發起瘋來，同這北街上的張二禿子，一面吃酒，一面說話，說怎麼樣緣故，這些人怎麼樣沒個天理。那張二禿子也是個不知利害的人，聽得高興，盡往下問，說：『他還是義和團※4裡的小師兄呢，那二郎※5、關爺※6多

註

※1捕快：衙門裡擔任緝拿人犯的差役。

※2什長：古代的一種軍中職務。十人為什長。

※3胡二巴越：糊裡糊塗、不明不白。

※4義和團：清朝中葉後的祕密會黨。長期聚集在山東、直隸一帶活動，他們利用設立神壇、畫符請神等迷信方法祕密聚眾，教授信眾修煉一種據稱可以令人刀槍不入的拳法，稱為「義和拳」。後來轉而支持清朝極力排外，改喊「扶清滅洋」。因清廷守舊派袒護，藉以驅除外人，到處焚殺教士、教民，劫掠教堂，橫行京、津間，導致八國聯軍之禍。

※5二郎：即二郎神。民間傳說中的神祇。關於二郎神的民間傳說很多，一說是秦代蜀郡太守李冰的第二個兒子；一說是《西遊記》與《封神演義》中的楊戩。

※6關爺：即關聖帝君，關羽。關羽死後，因他為人忠直仁義，廣受民間崇祀，尊他為「關公」、「關夫子」。也稱為「關帝」、「關聖」、「武聖」。

少正神常附在他身上，難道就不管管他嗎？』他妹夫說：『可不是呢！聽說前些時，他請孫大聖※7，孫大聖沒有到，還是豬八戒※8老爺下來的。倘若不是因為他昧良心，為什麼孫大聖不下來，倒叫豬八戒下來呢？我恐怕他這樣壞良心，總有一天碰著大聖不高興的時候，舉起金箍棒來給他一棒，那他就受不住了。』

一張清末義和團照片，手上拿的旗子寫著「欽命義和團糧臺」。

「二人談得高興，不知早被他們團裡朋友，報給王三，把他們兩人面貌記得爛熟，沒有數個月的工夫，把他妹夫就毀了。張二禿子知道勢頭不好，仗著他沒有家眷，『天明四十五』※9，逃往河南歸德府※10去找朋友去了。」

「酒也完了，你老睡罷。明天倘若進城，千萬說話小心！俺們這裡人人都擔著三分驚險，大意一點兒，站籠就會飛到脖兒梗上來的。」

於是站起來，桌上摸了個半截線香，把燈撥了撥，說：「我去拿油壺來添添這燈。」老殘說：「不用了，各自睡罷。」兩人分手。

到了次日早晨，老殘收檢行李，叫車夫來搬上車子。店夥送出，再三叮嚀：「進了城去，切勿多話。要緊，要緊！」

老殘笑著答道：「多謝關照。」一面車夫將車子推動，向南大路進發。不過午牌時候，早已到了曹州府城。進了北門，就在府前大街尋了一家客店，找了個廂房住下。跑堂的來問了飯菜，就照樣辦來吃過了，便到府衙門前來觀望觀望。看那大

註

※7孫大聖：即孫悟空。明代吳承恩《西遊記》小說中的人物。玄奘弟子之一，為石猴之精靈，神通廣大，能七十二變。屢次憑藉機智降服妖魔，化解危難，協助唐三藏到西天取經。他所用的兵器為金箍棒。

※8豬八戒：明代吳承恩《西遊記》小說中的人物，法名悟能。與孫悟空同為玄奘弟子，為豬變化的精怪，個性貪婪好色，容貌醜陋，協助唐三藏到西天取經。

※9天明四十五：四十五，指四十五里路。連夜就開始趕路，等到天快亮時，已走了四十五里了。

※10歸德府：今河南省商丘市。

拿著金箍棒的孫悟空。（圖片來源：《人民畫報》1926年第1期）

門上懸著通紅的彩綢，兩旁果真有十二個站籠，卻都是空的，一個人也沒有。心裡詫異道：「難道一路傳聞都是謊話嗎？」踅了一會兒，仍自回到店裡。只見上房裡有許多戴大帽子的人出入，院子裡放了一肩藍呢大轎※11。許多轎夫穿了棉襖褲，也戴著大帽子，在那裡吃餅。又有幾個人穿著號衣，上寫著「城武縣民壯」※12字樣，心裡知道這上房住的必是城武縣※13了。

過了許久，見上房裡家人喊了一聲「伺候」，那轎夫便將轎子搭到階下。前頭打紅傘的拿了紅傘※14，馬棚裡牽出了兩匹馬，登時上房裡紅呢簾子打起，出來了一個人，水晶頂※15，補褂朝珠※16，年紀約在五十歲上下，從臺階上下來，進了轎子，呼的一聲，抬起出門去了。

老殘見了這人，心裡想到：「何以十分面善？我也未到曹屬※17來過，此人是在那裡見過的呢？……」想了些時，想不出來，也就罷了。因天時尚早，復到街上訪問本府政績，竟是一口同聲說好，不過都帶有慘淡顏色，不覺暗暗點頭，深服古人「苛政猛於虎」※18一語真是不錯。

回到店中，在門口略為小坐，卻好那城武縣已經回來，

◆照片中的清代官員陳伯陶穿著即為補掛朝珠官服。（圖片來源：中國歷代人物圖像數據庫）

進了店門，從玻璃窗裡朝外一看，與老殘正屬四目相對。一恍的時候，轎子已到上房階下，那城武縣從轎子裡出來，家人放下轎簾，跟上臺階。遠遠看見他向家人說了兩句話，只見那家人即向門口跑來，那城武縣仍站在臺階上等著。家人跑到門口，向老殘道：「這位是鐵老爺麼？」老殘道：「正是。你何以知道？你貴上姓甚麼？」家人道：「小的主人姓申，新從省裡出來，撫臺委署城武縣的，說請鐵老爺上房裡去坐呢。」老殘恍然想起，這人就是文案上委員申東造。因雖會過兩三次，未曾多餘接談，故記不得了。

註

※11大轎：八個人抬的轎子。
※12城武縣民壯：城武縣，今山東成武縣成武鎮。民壯，清代州縣的衛兵。
※13城武縣：城武縣知縣。知縣是明清時代對縣長的稱呼。
※14紅傘：官員出行所用的儀仗，按階級分為黃、紅、藍三種顏色，以羅絹所製。
※15水晶頂：清代五品官員所戴的帽子，五品官員帽子上所鑲的珠子是水晶。
※16補褂朝珠：清朝正式的官服。
※17曹屬：曹州屬地。
※18苛政猛於虎：指嚴苛酷政對於百姓的危害程度，遠勝於凶猛的老虎。語出《禮記．檀弓下》：「夫子曰：『小子識之，苛政猛於虎也。』」語譯：孔子說：「子路你可要記住，殘暴的政令遠比老虎還要凶猛可怕。」

老殘當時上去，見了東造，彼此作了個揖。東造讓到裡間屋內坐下，嘴裡連稱：「放肆，我換衣服。」當時將官服脫去，換了便服，分賓主坐下，問道：「補翁是幾時來的？到這裡多少天了？可是就住在這店裡嗎？」老殘道：「今日到的，出省不過六、七天，就到此地了。」東翁是幾時出省？到過任再來的嗎？」東造道：「兄弟也是今天到，大前天出省，這夫馬人役是接到省城去的。我出省的前一天，還聽姚雲翁說：宮保看補翁去了，心裡著實難過，說：自己一生契重名士，以為無不可招致之人，今日竟遇著一個鐵君，真是浮雲富貴。反心內照，愈覺得齷齪不堪了！」

老殘道：「宮保愛才若渴，兄弟實在欽佩的。至於出來的原故，並不是肥遯鳴高※19的意思。一則深知自己才疏學淺，不稱揄揚；二則因這玉太尊聲望過大，到底看看是個何等人物。至『高尚』二字，兄弟不但不敢當，且亦不屑為。天地生才有數，若下愚蠢陋的人，高尚點也好借此藏拙；若真有點濟世之才，竟自

清朝官員穿著官服的繪像，圖中官員為咸豐到光緒時期的官員景壽。

遯世，豈不辜負天地生才之心嗎？」

東造道：「屢聞至論，本極佩服，今日之說，則更五體投地。可見長沮、桀溺※20等人為孔子所不取的了。只是目下在補翁看來，我們這玉太尊究竟是何等樣人？」老殘道：「不過是下流的酷吏，又比郅都※21、甯成※22等人次一等了。」東造連連點頭，又問道：「弟等耳目有所隔閡，先生布衣遊歷，必可得其實在情形。我想太尊殘忍如此，必多冤枉，何以竟無上控的案件呢？」老殘便將一路所聞細說一遍。

註

※19肥遯鳴高：逃世隱居而自得其樂。

※20長沮、桀溺：生卒年不詳。春秋後期隱士。《論語．微子》：「長沮、桀溺耦而耕，孔子過之，使子路問津焉。長沮曰：『夫執輿者為誰？』子路曰：『為孔丘。』曰：『是魯孔丘與？』曰：『是也。』曰：『是知津矣。』」語譯：長沮、桀溺一起耕田，孔子從路旁經過，命子路去詢問渡口在哪裡。長沮問：「駕車的人是誰？」子路說：「是孔丘。」長沮問：「是魯國的那位孔丘嗎？」子路答：「是。」長沮問：「如果是他的話，他應該知道渡口在哪裡。」這則對話，表示長沮、桀溺這兩位隱士，並不認同孔子周遊列國想要一展政治抱負的舉動，所以出言譏諷他。

※21郅都：見第三回蒼鷹註。

※22甯成：西漢初期大臣，南陽郡穰人。漢景帝時，曾任濟南都尉、中尉，執法嚴苛，宗室子弟與當時的富豪惡霸都很忌憚他，也是酷吏之流。

說得一半的時候，家人來請吃飯，東造遂留老殘同吃，老殘亦不辭讓。吃過之後，又接著說去。說完了，便道：「我只有一事疑惑，今日在府門前瞻望，見十二個站籠都空著，恐怕鄉人之言，必有靠不住處。」東造道：「這卻不然。我適在菏澤縣※23署中，聽說太尊是因為晚日得了院上行知※24，除已補授實缺外，在大案裡又特保了他個以道員在任候補，並俟歸道員班※25後，賞加二品銜的保舉。所以停刑三日，讓大家賀喜。你不見衙門口掛著紅彩綢嗎？聽說停刑的頭一日，即是昨日，站籠上還有幾個半死不活的人，都收了監了。」彼此歎息了一回。老殘道：「旱路勞頓，天時不早了，安息罷。」東造道：「明日晚間，還請枉駕談談。弟有極難處置之事，要得領教，還望不棄才好。」說罷，各自歸寢。

到了次日，老殘起來，見那天色陰的很重，西北風雖不甚大，覺得棉袍子在身上有飄飄欲仙之致。洗

✦清代的硯台跟毛筆。（圖片來源：大都會藝術博物館）

過臉，買了幾根油條當了點心，沒精打采的到街上徘徊些時。正想上城牆上去眺望遠景，見那空中一片一片的飄下許多雪花來。頃刻之間，那雪便紛紛亂下，迴旋穿揷※26，越下越緊。趕急走回店中，叫店家籠了一盆火來。那窗戶上的紙，只有一張大些的，懸空了半截，經了雪的潮氣，迎著風霍鐸霍鐸※27價響。旁邊零碎小紙，雖沒有聲音，卻不住的亂搖。房裡便覺得陰風森森，異常慘淡。

老殘坐著無事，書又在箱子裡不便取，只是悶悶的坐，不禁有所感觸，遂從枕頭匣內取出筆硯來，在牆上題詩一首，專詠玉賢之事。詩曰：

得失淪肌髓※28，因之急事功。

註

※23菏澤縣：今山東省菏澤市牡丹區。
※24院上行知：巡撫衙門發公文通知，玉賢的保舉已經通過朝廷的審核。行知：行文通知。
※25歸道員班：道員的官職已有空缺，得以正式遞補上去。
※26揷：同今插字，是插的異體字。
※27霍鐸：此處形容風聲。
※28得失淪肌髓：淪肌髓，陷入肌膚和骨髓之中。意謂得失心很重。

冤埋城闕暗，血染頂珠紅。
處處鵂鶹※29雨，山山虎豹風。
殺民如殺賊，太守是元戎※30！

下題「江南徐州鐵英題」七個字。寫完之後，便吃午飯。飯後，那雪越發下得大了，站在房門口朝外一看，只見大小樹枝，彷彿都用簇新的棉花裹著似的，樹上有幾個老鴉，縮著頸項避寒，不住的抖擻翎毛，怕雪堆在身上。又見許多麻雀兒，躲在屋簷底下，也把頭縮著怕冷，其飢寒之狀殊覺可憫。因想：「這些鳥雀，無非靠著草木上結的實，並些小蟲蟻兒充飢度命。現在各樣蟲蟻自然是都入蟄※31，見不著的了。就是那草木之實，經這雪一蓋，那裡還有呢？倘若明天晴了，雪略為化一化，西北風一吹，雪又變做了冰，仍然是找不著，豈不要餓到明春嗎？」想到這裡，覺得替這些鳥雀愁苦的受不得。

轉念又想：「這些鳥雀雖然凍餓，卻沒有人放槍傷害他，又沒有什麼網羅來捉他，不過暫時飢寒，撐到明年開春，便快活不盡了。若像這曹州府的百姓呢，近幾

清代《古今圖書集成》中的貓頭鷹圖。

年的年歲，也就很不好。又有這麼一個酷虐的父母官，動不動就捉了去當強盜待，用站籠站殺，嚇的連一句話也說不出來，於飢寒之外，又多一層懼怕，豈不比這鳥雀還要苦嗎？」想到這裡，不覺落下淚來。又見那老鴉有一陣呱呱的叫了幾聲，彷彿他不是號寒啼飢，卻是為有言論自由的樂趣，來驕這曹州府百姓似的。想到此處，不覺怒髮衝冠※32，恨不得立刻將玉賢殺掉，方出心頭之恨。◎1

正在胡思亂想，見門外來了一乘藍呢轎，並執事人等，知是申東造拜客回店了。因想：「我為甚麼不將這所見所聞的，寫封信告訴張宮保呢？」於是從枕箱※33裡取出信紙信封來，提筆便寫。那知剛才題壁，在硯臺上的墨早已凍成堅冰了，於

註

※29鵂鶹：貓頭鷹的別名。牠能獵殺比牠體型還大的鳥，因此其他鳥類對牠避之唯恐不及。此處用以比喻殘害百姓的官吏。讀作「修劉」。

※30元戎：主將、元帥。得失淪肌髓一詩的語譯：把加官晉爵看得比什麼都重要，為了升官不擇手段，急著想要向朝廷邀功。百姓受到不白之冤而枉死，死在他手裡的人，血足以把官帽都染成紅色。到處都是等著捕食的貓頭鷹，山林中充斥著傷人的虎豹。這些酷吏殺害人民就如同殺害盜賊一樣，地方的父母官就是罪魁禍首。

※31蟄：動物入冬藏伏土中，不飲不食。讀作「直」。

※32怒髮衝冠：盛怒的樣子。

※33枕箱：古代一種可做枕頭，又可收藏貴重小物品的小箱子。

評批

◎1：鳥雀飢寒，猶無虞害之心，讀之令人酸鼻。至聞鴉噪，以爲有言論自由之樂，以此驕人，是加一倍寫法。此回爲玉賢傳之總結。（劉鶚評）

◆老殘看著屋外的老鴉，想到百姓的愁苦。（許承菱繪）

是呵一點寫一點。寫了不過兩張紙，天已很不早了。硯台上臺開來，筆又凍了，筆呵開來，硯臺上又凍了，呵一回，不過寫四五個字，所以耽擱工夫。

正在兩頭忙著，天色又暗起來，更看不見。因為陰天，所以比平常更黑得早，於是喊店家拿盞燈來。喊了許久，店家方拿了一盞燈，縮手縮腳的進來，嘴裡還喊道：「好冷呀！」把燈放下，手指縫裡夾個紙煤子※34，吹了好幾吹，才吹著。那燈裡是新倒上的凍油，堆的像大螺絲殼似的，點著了還是不亮。店家道：「等一會，油化開就亮了。」撥了撥燈，把手還縮到袖子裡去，站著看那燈滅不滅。起初燈光不過有大黃豆大，漸漸的得了油，就有小蠶豆大了。

忽然抬頭看見牆上題的字，驚惶道：「這是你老寫的嗎？寫的是啥？可別惹出亂子呀！這可不是頑兒的！」趕緊又回過頭，朝外看看，沒有人，又說道：「弄的不好，要壞命的！我們還要受連累呢！」老殘笑道：「底下寫著我的名字呢，不要緊的。」

說著，外面進來了一個人，戴著紅纓帽子，叫了一聲「鐵老爺」，那店家就趔

註

※34紙煤子：以火紙捻製的細管狀物，可用來點火。

趔趄[※35]的去了。那進來的人道：「敝上請鐵老爺去吃飯呢。」原來就是申東造的家人。老殘道：「請你們老爺自用罷，我這裡已經叫他們去做飯，一會兒就來了，說我謝謝罷。」那人道：「敝上說，店裡飯不中吃。我們那裡有人送的兩隻山雞，已經都片出來了，又片了些羊肉片子，說請鐵老爺務必上去吃火鍋子呢。敝上說，如鐵老爺一定不肯去，敝上就叫把飯開到這屋裡來吃。我看，還是請老爺上去罷。那屋子裡有大火盆，有這屋裡火盆四五個大，暖和得多呢，家人們又得伺候，請你老成全家人罷！」老殘無法，只好上去。申東造見了，說：「補翁，在那屋裡做什麼？恁[※36]大雪天，我們來喝兩杯酒罷。今兒有人送來極新鮮的山雞，燙了吃，很好的，我就借花獻佛[※37]了。」

說著，便入了座。家人端上山雞片，果然有紅有白，煞是好看。燙著吃，味更香美。東造道：「先生吃得出有點異味嗎？」老殘道：「果然有點清香，是什麼道理？」東造道：「這雞出在肥城縣[※38]桃花山裡頭的。這山裡松樹極多，這山雞專好吃松花松實，所以有點清香，俗名叫做『松花雞』。雖在此地，亦很不容易得的。」老殘贊歎了兩句，廚房裡飯菜也就端上桌子。

清人姚文瀚繪畫《歲朝歡慶圖》中的火盆。

兩人吃過了飯。東造約到裡間房裡吃茶，向火。忽然看見老殘穿著一件棉袍子，說道：「這種冷天，怎麼還穿棉袍子呢？」老殘道：「毫不覺冷。我們從小兒不穿皮袍子的人，這棉袍子的力量恐怕比你們的狐皮還要暖和些呢。」東造道：「那究竟不妥。」喊：「來個人！你們把我扁皮箱裡，還有一件白狐一裹圓※39的袍子取出來，送到鐵老爺屋子裡去。」

老殘道：「千萬不必，我決非客氣！你想，天下有個穿狐皮袍子搖串鈴的嗎？」東造道：「你那串鈴本可以不搖，何必矯俗※40到這個田地呢！承蒙不棄，拿我兄弟還當個人，我有兩句放肆的話要說，不管你先生惱我不惱我。昨兒聽先生鄙薄那肥遯鳴高的人，說道：『天地生才有限，不宜妄自菲薄。』這話，我兄弟五體投地的佩服。然而先生所做的事情，卻與至論有點違背。宮保一定要先生出來做

註

※35趔趄：腳步不穩，身體歪斜的樣子。趔趄，讀作「列居」。
※36恁：讀作「刃」。如此、這樣。
※37借花獻佛：比喻借用他人的東西來作人情。
※38肥城縣：今山東省泰安市。
※39白狐一裹圓：清代盛行的一種左右開衩的長皮襖。此指用白狐皮做的長皮襖。
※40矯俗：標新立異，違背世俗。

評批

◎2：有才的急於做官，又急於要做大官，所以傷天害理，歷朝國家俱受此等人物之害。（劉鶚評）

官，先生卻半夜裡跑了，一定要出來搖串鈴。試問，與那鑿坏而遁[※41]，洗耳不聽[※42]的，有何分別呢？兄弟話未免鹵莽，有點冒犯，請先生想一想，是不是呢？」

老殘道：「搖串鈴誠然無濟於世道，難道做官就有濟於世道嗎？請問，先生此刻已經是城武縣一百里萬民的父母了，其可以有濟於民處何在呢？先生必有成竹在胸，何妨賜教一二呢？我知先生在前已做過兩三任官的，請教已過的善政[※43]，可有出類拔萃的事跡呢？」東造道：「不是這麼說。像我們這些庸材，只好混混罷了。閣下如此宏材大略，不出來做點事情，實在可惜。無才者抵死要做官，有才者抵死不做官，此正是天地間第一憾事！」

老殘道：「不然。我說無才的要做官很不要緊，正壞在有才的要

東造道：「閣下如此宏材大略，不出來做點事情，實在可惜。」（圖片來源：民國石印本《老殘遊記》，陸子常繪）

做官，你想，這個玉太尊不是個有才的嗎？只為過於要做官，且急於做大官，所以傷天害理的做到這樣。而且政聲又如此其好，怕不數年之間就要方面兼圻※44的嗎。官愈大，害愈甚；守一府則一府傷，撫一省則一省殘，宰天下則天下死。由此看來，請教還是有才的做官害大，還是無才的做官害大呢？倘若他也像我，搖個串鈴子混混，正經病，人家不要他治；些小病痛，也死不了人。即使他一年醫死一個，歷一萬年，還抵不上他一任曹州府害的人數呢！」◎2

未知申東造又有何說，且聽下回分解。

註

※41 鑿坏：鑿穿牆壁。比喻堅持不作官。顏闔是先秦時代的高士，魯國的國君想請他擔任宰相，他不肯，半夜鑿穿牆壁逃跑了。事見《淮南子・齊俗訓》。

※42 洗耳不聽：堯舜時期，有個叫許由的高士，堯本想將帝位禪讓給他，他拒絕接受後而走了，後來堯又請他出任九州長，他覺得這番話對他來說是侮辱，就跑到池塘邊洗耳朵。事見《高士傳》。

※43 善政：良善的政策法令。

※44 方面兼圻：泛指任總督、巡撫。方面，獨當一方軍政重任的官職；兼圻，清代總督兼轄二或三省。圻，讀作「奇」。

第七回　借箸代籌一縣策　納楹閒訪百城書

話說老殘與申東造議論玉賢正為有才急於做官，所以傷天害理至於如此，彼此歎息一回。東造道：「正是。我昨日說有要事與先生密商，就是為此。先生想，此公殘忍至於此極。兄弟不幸，偏又在他屬下。依他做，實在不忍；不依他做，又實無良法。先生閱歷最多，所謂『險阻艱難，備嘗之矣；民之情偽，盡知之矣。』必有良策，其何以教我？」

老殘道：「知難則易者至矣。閣下既不恥下問，弟先須請教宗旨何如。若求在上官面上討好，做得烈烈轟轟，有聲有色，則只有依玉公辦法，所謂逼民為盜也；若要顧念『父母官』三字，求為民除害，亦有化盜為民之法。若官階稍大，轄境稍寬，略為易辦。若止一縣之事，缺分又苦，未免

清代的父母官正在審案，一名婦女跪在地上遭到衙役責打。（圖片來源：Wellcome Collection）

稍形棘手，——然亦非不能也。」◎1

東造道：「自然以為民除害為主，果能使地方安靜，雖無不次之遷※2，要亦不至於凍餒。『子孫飯』※3吃他做什麼呢！但是缺分太苦，前任養小隊五十名，盜案仍是疊出。加以虧空官款，因此罣誤去官※4。弟思如賠累而地方安靜，尚可設法彌補；若俱不可得，算是為何事呢？」老殘道：「五十名小隊，所費誠然太多。以此缺論，能籌款若干便不致賠累呢？」東造道：「不過千金，尚不吃重。」

老殘道：「此事卻有個辦法。閣下一年籌一千二百金，卻不用管我如何辦法，我可以代畫一策，包你境內沒有一個盜案。倘有盜案，且可以包你頃刻便獲。閣下以為何如？」東造道：「能得先生去為我幫忙，我就百拜的感激了。」老殘道：「我無庸去，只是教閣下個至良極美的法則。」東造道：「閣下不去，這法則誰

註

※1驥足：駿馬的腳。比喻傑出的才華或人。驥，讀作「季」。
※2不次之遷：破格提拔的意思，不按照等級升遷官職。
※3子孫飯：貪求富貴功名而爲非做歹者，將折損子孫福氣，就像把子孫的飯都吃絕了，故稱「吃子孫飯」。
※4罣誤去官：因事受蒙蔽而犯了過失，因此失去官職。罣，讀作「掛」。

評批

◎1：前兩回寫玉賢之酷烈至已！此回卻以「逼民爲盜」四字總束前兩回，爲玉賢定罪案。有「逼民爲盜」之人，即不可無「化盜爲民」之人。惜乎老殘既不能見用於世，申東造亦僅一小小縣令，無從展其驥足※1，世道之所以日壞也夫。（劉鶚評）

能行呢？」老殘道：「正為薦一個行此法則的人。惟此人千萬不可怠慢。若怠慢此人，彼必立刻便去，去後禍必更烈。

「此人姓劉，號仁甫，即是此地平陰縣人。家在平陰縣西南桃花山裡面。其人少時，十四五歲，在嵩山少林寺[※5]學拳棒，學了些時，覺得徒有虛名，無甚出奇制勝處，於是奔走江湖。將近十年，在四川峨眉山[※6]上遇見了一個和尚，武功絕倫，他就拜他為師，學了一套『太祖神拳』，一套『少祖神拳』，因請教這和尚，拳法從那裡得來的。和尚說係少林寺。他就大為驚訝，說：『徒弟在少林寺四五年，見沒有一個出色拳法，師父從那一個學的呢？』那和尚道：『這是少林寺的拳法，卻不從少林寺學來。現在少林寺裡的拳法，久已失傳了。你所學的『太祖拳』就是達摩[※7]傳下來的◎2；那『少祖拳』就是神光[※8]傳下來的。當初傳下這個拳法來的時候，專為和尚們練習了這拳，身體可以結壯，精神可以悠久。若當朝山訪道的時候，單身走路，或遇虎豹，或遇強人，和尚家又不作[※9]帶兵器，所以這拳法專為保護生命的。筋骨強壯，肌肉堅固，便可以忍耐凍餓。

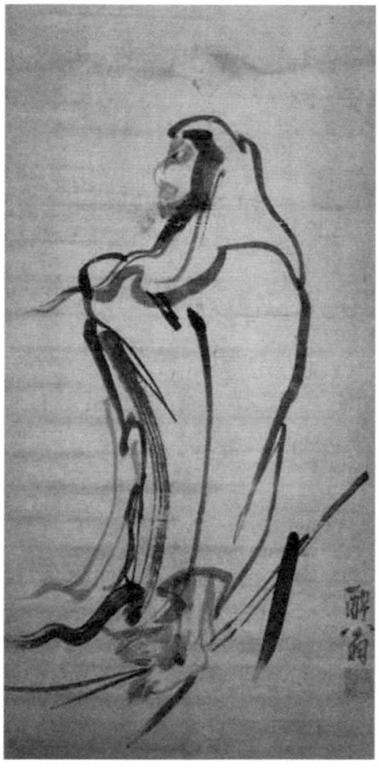

✦達摩相傳為少林武功創始者，圖為達摩一葦渡江圖，畫於十七世紀。

你想，行腳僧※10在荒山野壑裡，訪求高人古德※11，於『宿食』兩字一定難以周全的。此太祖、少祖傳下拳法來的美意了。那知後來少林寺拳法出了名，外邊來學的日多，學出去的人，也有做強盜的，也有奸淫人家婦女的，屢有所聞；因此，在現在這老和尚以前四五代上的一個老和尚，就將這正經拳法收起不傳，只用些『外面光』、『不管事』的拳法敷衍門面而已。我這拳法係從漢中府※12裡一個古德學來

註

※5少林寺：位於河南省登封縣西北二十五里少室山北麓的佛寺。為佛教禪宗和少林派拳術發源地。

※6峨眉山：位於四川省峨眉縣西南。形勢峻秀，佛道兩家並稱為靈勝之地，亦為觀光勝地。也作「峨嵋山」。

※7達摩：即菩提達摩。梵語Bodhidharma的音譯。中國禪宗初祖，故本書稱他為「太祖」。約魏晉南北朝時來中國。曾在嵩山少林寺獨自修習禪定。關於達摩的事蹟有許多關於他的傳說，在小說中，甚至成為少林武功的創始者。

※8神光：即慧可（西元四八七年至五九三年），俗名姬光，號神光，虎牢人（今河南省滎陽縣），是達摩的弟子，被尊為禪宗二祖。故本書稱他為「少祖」。

※9不作：不允許、禁止。

※10行腳僧：雲遊四方尋師求法的出家人。

※11古德：佛教徒稱其先輩，或古代有德高僧。

※12漢中府：位於陝西省西南部。今陝西省漢中市。

評批

◎2：中國拳法係從印度傳來，可資考證。（劉鶚評）

的，若能認真修練，將來可以到得甘鳳池※13的位分。◎3

「劉仁甫在四川住了三年，盡得其傳。當時正是粵匪※15擾亂的時候，他從四川出來，就在湘軍※16、淮軍※17營盤裡混過些時。因是兩軍，湘軍必須湖南人，淮軍必須安徽人，方有照應。若別省人，不過敷衍故事，得個把小保舉而已，大權萬不會有的。此公已保舉到個都司※18，軍務漸平。他也無心戀棧※19，遂回家鄉，種了幾畝田，聊以度日，閒暇無事，在這齊、豫兩省隨便遊行。這兩省練武功的人，無不知他的名氣。他卻不肯傳授徒弟，若是深知這人一定安分的，他就教他幾手拳棒，也十分慎重的。所以這兩省有武藝的，全敵他不過，都懼怕他。若將此人延為上賓，將這每月一百兩交付此人，聽其如何應用。大約他只要招十名小隊，供奔走之役，每人月餉六兩，其餘四十兩供應往來豪傑酒水之資，也就夠了。

「大概這河南、山東、直隸三省，及江蘇、安徽的

湘軍收復金陵圖。

兩個北半省，共為一局。此局內的強盜計分大小兩種：大盜係有頭領，有號令，有法律的，大概其中有本領的甚多；小盜則隨時隨地無賴之徒，及失業的頑民，胡亂搶劫，既無人幫助，又無槍火兵器，搶過之後，不是酗酒，便是賭博，最容易犯案的。譬如玉太尊所辦的人，大約十分中九分半是良民，半分是這些小盜。若論那些大盜，無論頭目人物，就是他們的羽翼，也不作興有一個被玉太尊捉著的呢。但是大盜卻容易相與，如京中保鏢※20的呢，無論十萬二十萬銀子，只須一兩個人，便可

註

※13 甘鳳池：清康熙、雍正年間人，江南省江寧府（今江蘇省南京市）人，有名的武學宗師。

※14 不龜手藥：不使手凍傷的藥。利於漂洗綿絮、水中作戰等。出自《莊子．逍遙遊》：「宋人有善爲不龜手之藥者，世世以洴澼絖爲事。」語譯：宋國有一個家族，有一種能在寒冷的冬天不讓手裂開的祖傳秘方，所以他們家族世世代代都以漂洗棉絮爲業。

※15 粵匪：這裡指的是太平天國軍。清道光二十三年（西元一八四三年），洪秀全創立反清組織上帝會，道光三十年在廣西桂平縣金田村起義。咸豐三年，建立太平天國，定都南京，勢力所及達十餘省，凡十四年（西元一八五一至一八六四年），後爲曾國藩等所滅。

※16 湘軍：清代名臣曾國藩招募湖南人所組成的軍隊。先後平定太平軍及回捻。

※17 淮軍：咸豐三年（西元一八五三年）李鴻章受命回安徽合肥辦團練，因合肥位於江淮之間，因此稱「淮軍」，參與平定太平天國，對滿清中興有功。

※18 都司：明代設置的官職，清代沿用，爲綠營武官。

※19 戀棧：棧，棧豆，爲馬房的豆料。比喻貪戀祿位。

※20 保鏢：古時稱專門以武技保護他人在行旅中財物、生命安全的行業。

評批

◎ 3：此種拳法，日本謂之柔術，是體操中之至精術，較西洋體操高之數倍。世間尚有傳者，不龜手藥※14，不知何人能物色之。（劉鶚評）

✦活躍於清末的盜匪「東北紅鬍子」。（圖片來源：《日俄戰爭：遠東衝突攝影集》，1904年出版。）

保得一路無事。試問如此鉅款，就聚了一二百強盜搶去，也很夠享用的，難道這一兩個鏢司務※21就敵得過他們嗎？只因為大盜相傳有這個規矩，不作興害鏢局※22的，所以凡保鏢的車上，有他的字號，出門要叫個口號。這口號喊出，那大盜就覿面※23碰著，彼此打個招呼，也決不動手的。鏢局幾家字號，大盜都知道的；大盜有幾處窩巢，鏢局也是知道的。倘若他的羽翼到了有鏢局的所在，進門打過暗號，他們就知道是那一路的朋友，當時必須留著喝酒吃飯，臨行還要送他三二百個錢的盤川；若是大頭目，就須盡力應酬。這就叫做江湖上的規矩。

「我方才說這個劉仁甫，江湖都是大有名的。京城裡鏢局上請過他幾次，他都不肯去。情願埋名隱姓，做個農夫。若是此人來時，待以上賓之禮，彷彿貴縣開了一個保護本縣的鏢局。他無事時，在街上茶館飯店裡坐坐，這過往的人，凡是江湖上朋友，他到眼便知，隨便會幾個茶飯東道，不消十天半個月，各處大盜頭目就全曉得了，立刻便要傳出號令：某人立足之地，不許打攪的。每月所餘的那四十金就是給他做這個用處的。至於小盜，他本無門徑，隨意亂做，就近處，自有人來暗中報信，失主尚未來縣報案，他的手下人倒已先將盜犯獲住了。若是稍遠的地方做了案子，沿路也有他們的朋友，替他暗中捕下去，無論走到何處，俱捉得到的。所以要十名小隊子。其實，只要四、五個應手的人已經足用了。那多餘的五、六個人，為的是本縣轎子前頭擺擺威風，或者接差送差，跑信等事用的。」

東造道：「如閣下所說，自然是極妙的法則；但是此人既不肯應鏢局之聘，

註

※21鏢司務：鏢局雇來保護行旅或財物的武士。又稱「鏢師」。
※22鏢局：古代經營保鏢業務的營業所。供人僱用或受人委託，以保障行旅或財物的安全。
※23覿面：當面、迎面。覿：讀作「迪」。見。

若是兄弟衙署裡請他，恐怕也不肯來，如之何呢？」老殘道：「只是你去請他，自然他不肯來的，所以我須詳詳細細寫封信去，並拿救一縣無辜良民的話打動他，自然他就肯來了。況他與我交情甚厚，我若勸他，一定肯的。因為我二十幾歲的時候，看天下將來一定有大亂，所以極力留心將才，談兵的朋友頗多。此人當年在河南時，我們是莫逆之交，相約倘若國家有用我輩的日子，凡我同人，俱要出來相助為理的。其時講輿地※24、講陣圖※25、講製造※26、講武功的，各樣朋友都有。此公便是講武功的巨擘※27。後來大家都明白了，治天下的又是一種人才，若是我輩所講所學，全是無用的，故爾各人都弄個謀生之道，混飯吃去，把這雄心便抛入東洋

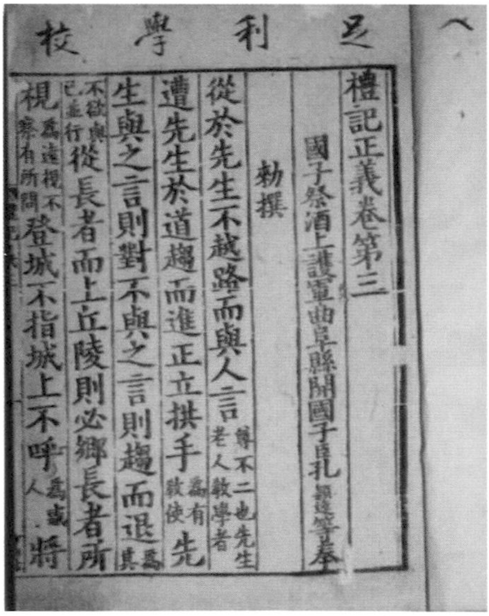

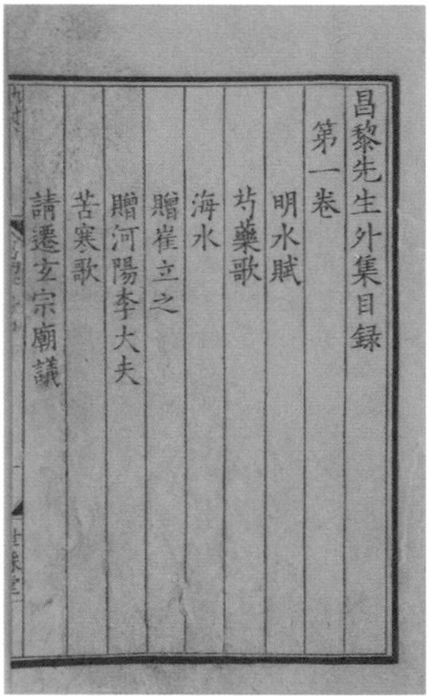

◆宋刻印的書，因其刻印精美和流傳稀少，明清時期已經是收藏家爭相蒐羅的寶貝。左圖為宋版《禮記正義》書影。右圖為宋版《昌黎先生集》書影

大海去了。雖如此說，然當時的交情義氣，斷不會敗壞的，所以我寫封信去，一定肯來的。」

東造聽了，連連作揖道謝，說：「我自從掛牌※28委署斯缺，未嘗一夜安眠，今日得聞這番議論，如夢初醒，如病初癒，真是萬千之幸！但是這封信是派個何等樣人送去方妥呢？」老殘道：「必須有個親信朋友吃這一趟辛苦才好。若隨便叫個差人送去，便有輕慢他的意思，他一定不肯出來，那就連我都要遭怪了。」

東造連連說：「是的，是的。我這裡有個族弟，明天就到的，可以讓他去一趟。先生信幾時寫呢？就費心寫起來最好。」老殘道：「明日一天不出門。我此刻正寫一長函致張宮保，託姚雲翁轉呈，為細述玉太尊政績的，大約也要明天寫完。並此信一總寫起，我後天就要動身了。」東造問：「後天往那裡去？」老殘答說：

註

※24輿地：原指地圖。此指軍事地理。
※25陣圖：作戰時擺列軍陣的圖。
※26製造：此指軍用器械的製造。
※27巨擘：原指大拇指。比喻傑出的人才。擘，讀作「播」。
※28掛牌：古代知府以下官員補缺署事，由布政司懸牌公布。

「先往東昌府訪柳小惠※29家的收藏，想看看他的宋、元板書，隨後即回濟南省城過年。再後的行蹤，連我自己也不知道了。今日夜已深了，可以睡罷。」立起身來。

東造叫家人：「打個手照※30，送鐵老爺回去。」揭起門簾來，只見天地一色，那雪已下的混混沌沌價白，覺得照的眼睛發脹似的。那階下的雪已有了七八寸深，走不過去了。只有這上房到大門口的一條路，常有人來往，所以不住的掃。那到廂房裡的一條路已看不出路影，同別處一樣的高了。東造叫人趕忙鏟出一條路來，讓老殘回房。推開門來，燈已滅了。上房送下一個燭臺，兩支紅燭，取火點起，再想寫信，那筆硯竟違抗萬分，不遵調度，只好睡了。

到了次日，雪雖已止，寒氣卻更甚於前，起來喊店家秤了五斤木炭，生了一個大火盆，又叫買了幾張桑皮紙，把那破窗戶糊了。頃刻之間，房屋裡暖氣陽迴，非昨日的氣象了。遂把硯池烘化，將昨日未曾寫完的信，詳細寫完封好，又將致劉仁甫的信亦寫畢，一總送到上房，交東造收了。

東造一面將致姚雲翁的一函，加個馬封※31，送往驛站；一

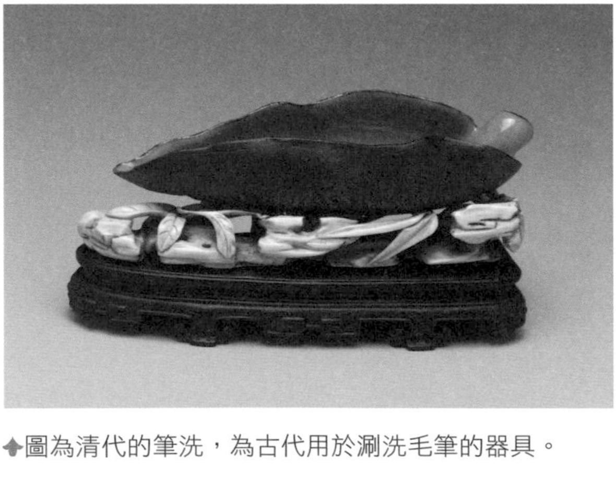

圖為清代的筆洗，為古代用於涮洗毛筆的器具。

面將劉仁甫的一函，送入枕頭箱內。廚房也開了飯來。二人一同吃過，又復清談片時，只見家人來報：「二老爺同師爺們都到了，住在西邊店裡呢。洗完臉，就過來的。」

停了一會，只見門外來了一個不到四十歲模樣的人，尚未留鬚，穿了件舊寧綢二藍的大毛皮袍子，元色※32長袖皮馬褂，蹬了一雙絨靴，已經被雪泥浸了幫子※33了，慌忙走進堂屋，先替乃兄作了個揖。東造就說：「這就是舍弟，號子平。」回過臉來說：「這是鐵補殘先生。」申子平走近一步，作了個揖，說聲：「久仰

註

※29柳小惠：本書虛構的人物。根據田素蘭引蔣逸雪《老殘遊記考證》，認為柳小惠是影射楊紹和（西元一八三〇年至一八七五年），字彥合，又字念微，號協卿。清代山東東昌府聊城縣（今山東省聊城市東昌府區）人。楊紹和與他的父親都喜歡收藏書籍。怡親王死後，曾收購怡親王府大量宋版珍本，家中藏書數十萬卷。下文的柳鳳儀則是影射楊紹和的兒子楊保彝（讀作「宜」），字鳳阿。

※30手照：拿在手裡的燭具或燈盞。

※31馬封：古時驛站致送公文所用的封套。

※32元色：可能指元青色或黑色。本書第十回「元玉」為了避康熙（玄燁）的諱，才將「玄」改成「元」。此處可能也是如此，若是玄色，就是黑色。

※33幫子：指靴幫，靴子兩邊直豎起來略成筒狀的部分。

的很。」東造便問：「吃過飯了沒有？」子平說：「才到，洗了臉就過來的，吃飯不忙呢。」東造說：「吩咐廚房裡做二老爺的飯。」子平道：「可以不必。停一刻，還是同他們老夫子※34一塊吃罷。」家人上來回說：「廚房裡已經吩咐，叫他們送一桌飯去，讓二老爺同師爺們吃呢。」那時又有一個家人揭了門簾，拿了好幾個大紅全帖※35進來。老殘知道是師爺們來見東家的，就趁勢走了。

到了晚飯之後，申東造又將老殘請到上房裡，將那如何往桃花山訪劉仁甫的話，對著子平詳細問了一遍。子平又問：「從那裡去最近？」老殘道：「從此地去怎樣走法，我卻不知道。昔年是從省城順黃河到平陰縣，出平陰縣向西南三十里地，就到了山腳下了。進山就不能坐車，最好帶個小驢子，到那平坦的地方，就騎驢，稍微危險些，就下來走兩步。進山去有兩條大路。西峪

關帝信仰流行於中國各地，圖為清末關帝廟神像照片，左圖為乾隆時期的關公畫像。

裡走進有十幾里的光景，有座關帝廟。那廟裡的道士與劉仁甫常相往來的，你到廟裡打聽，就知道詳細了。那山裡關帝廟有兩處：集東一個，集西一個。這是集西的一個關帝廟。」申子平問得明白，遂各自歸房安歇去了。

次日早起，老殘出去雇了一輛騾車，將行李裝好，候申東造上衙門去稟辭，他就將前晚送來的那件狐裘，加了一封信，交給店家，說：「等申大老爺回店的時候，送上去。此刻不必送去，恐有舛錯※36。」

店裡掌櫃的慌忙開了櫃房裡的木頭箱子，裝了進去，然後送老殘動身上車，逕往東昌府去了。無非是風餐露宿，兩三日工夫已到了東昌城內，找了一家乾淨車店住下。當晚安置停妥，次日早飯後便往街上尋覓書店。尋了許久，始覓著一家小小書店，三間門面，半邊賣紙張筆墨，半邊賣書。遂走到賣書這邊櫃臺外坐下，問問此地行銷是些什麼書籍。

那掌櫃的道：「我們這東昌府，文風最著名的。所管十縣地方，俗名叫做『十

註

※34老夫子：對幕僚的稱呼。
※35大紅全帖：古代表示鄭重禮節的紅色請帖。
※36舛錯：意外的差錯。舛，讀作「喘」。

美圖』，無一縣不是家家富足，戶戶絃歌。所有這十縣用的書，皆是向小號來販。小號店在這裡，後邊還有棧房※37，還有作坊※38。許多書都是本店裡自雕板，不用到外路去販買的。你老貴姓，來此有何貴幹？」老殘道：「我姓鐵，來此訪個朋友的。你這裡可有舊書嗎？」掌櫃的道：「有，有，有。你老要什麼罷？我們這兒多著呢！」一面回過頭來指著書架子上白紙條兒數道：「你老瞧！這裡《崇辨堂墨選》※39、《目耕齋初二三集》※40。再古的還有那《八銘塾鈔》※41呢。這都是講正經學問的，要是講雜學的，還有《古唐詩合解》、《唐詩三百首》。再要高古點，還有《古文釋義》。還有一部寶貝書呢，

「有，有，有。你老要什麼罷？我們這兒多著呢！」（圖片來源：民國石印本《老殘遊記》，陸子常繪）

叫做《性理精義》；這書看得懂的，可就了不得了！」

老殘笑道：「這些書我都不要。」那掌櫃的道：「還有，還有。那邊是《陽宅三要》※42、《鬼撮腳》※43、《淵海子平》※44，諸子百家，我們小號都是全的。濟南省城，那是大地方，不用說，若要說黃河以北，就要算我們小號是第一家大書店了。別的城池裡都沒有專門的書店，大半在雜貨鋪裡帶賣書。所有方圓二、三百里，學堂裡用的三、百、千、千，都是在小號裡販得去的，一年要銷上萬本呢。」老殘道：「貴處行銷這『三百千千』，我倒沒有見過。是部什麼書？怎樣銷得這麼

註

※37 棧房：囤積貨物的處所。
※38 作坊：手工藝製作的場所。
※39《崇辨堂墨選》：八股文的文選合集。
※40《目耕齋初二三集》：八股文的文選合集。
※41《八銘塾鈔》：八股文的文選合集。
※42《陽宅三要》：一種認爲房屋的方向以及周圍的地脈、山勢、水流等能決定吉凶禍福的傳統見解的書籍。
※43《鬼撮腳》：一種認爲墳地的方向以及周圍的地脈、山勢、水流等能決定吉凶禍福的傳統見解的書籍。
※44《淵海子平》：根據人的生辰八字，以陰陽五行推斷人的命運吉凶禍福一類的書籍。

多呢？」掌櫃的道：「噯！別哄我罷！我看你老很文雅，不能連這個也不知道。這不是一部書，『三』是《三字經》※45，『百』是《百家姓》※46，『千』是《千字文》※47；那一個『千』字呢，是《千家詩》。這《千家詩》還算一半是冷貨，一年不過銷百把部；其餘三、百、千，就銷的廣了。」

老殘說：「難道《四書》、《五經》都沒有人買嗎？」他說：「怎麼沒有人買呢，《四書》小號就有。《詩》、《書》、《易》※48三經也有。若是要《禮記》※49、《左傳》※50呢，我們也可以寫信到省城裡捎去。你老來訪朋友，是那一家呢？」

老殘道：「是個柳小惠家。當年他老大爺做過我們的漕臺※51，聽說他

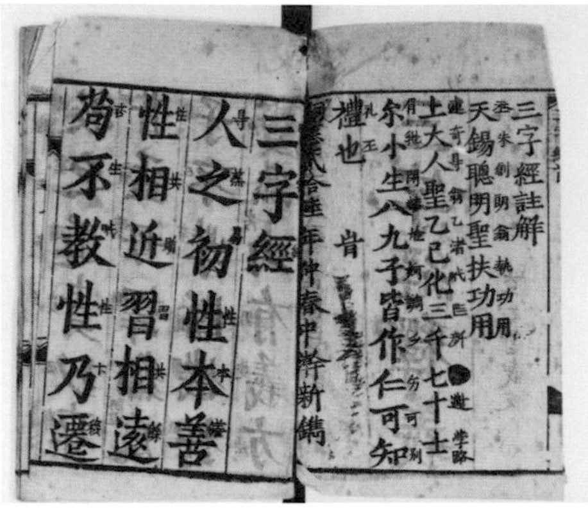

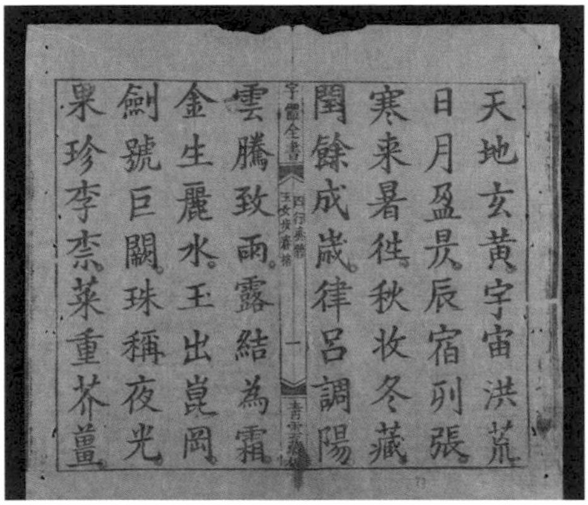

上圖為《三字經》書影，下圖為《千字文》書影。

家收藏的書極多。他刻了一部書，名叫《納書楹》，都是宋、元板書。我想開一開眼界，不知道有法可以看得見嗎？」掌櫃的道：「柳家是俺們這兒第一個大人家，怎麼不知道呢！只是這柳小惠柳大人早已去世，他們少爺叫柳鳳儀，是個兩榜※52，那一部的主事※53。聽說他家書多的很，都是用大板箱裝著，只怕有好幾百箱子呢，堆在個大樓上，永遠沒有人去問他。有近房柳三爺，是個秀才，常到我們這裡來坐坐。我問過他：『你們家裡那些書是些甚麼寶貝？可叫我們聽聽罷咧。』他說：

註

※45《三字經》：全書用三字一句的韻文寫成，與千字文並行。爲舊時童蒙誦讀之書。

※46《百家姓》：古代童蒙課讀之書。用姓氏編成韻文，每句四字，以便誦讀，始趙而終司空。收單姓四百零八，複姓三十。

※47《千字文》：南朝梁周興嗣所撰，傳說是集王羲之字，以一千個不同的單字所寫成，每四字一句，隔句押韻，以便於背誦，是舊時兒童啓蒙時必讀的書。

※48《詩》、《書》、《易》：《詩》，是《詩經》、《書》，是《尚書》、《易》指《易經》。漢時與《禮記》、《左傳》訂爲五經。

※49《禮記》：漢戴聖所輯，四十九篇。孔子弟子及其後學所記。

※50《左傳》：春秋魯太史左丘明撰。西漢劉歆始引傳文解釋春秋經義，列爲春秋三傳之一。

※51漕臺：古代官名。漕運總督的別稱。掌管錢糧的取齊、運輸等政令，地位等同總督。

※52兩榜：科舉時代，鄉試及會試都考中的情況。

※53主事：古代官名。清代升爲正六品，與郎中、員外郎並列爲六部司官。

『我也沒有看見過是甚麼樣子。』我說：『難道就那麼收著不怕蛀蟲嗎？』」

掌櫃的說到此處，只見外面走進一個人來，拉了拉老殘，說：「趕緊回去罷，曹州府裡來的差人，急著等你老說話呢，快點走罷。」老殘聽了，說道：「你告訴他等著罷，我略停一刻就回去了。」那人道：「我在街上找了好半天了。俺掌櫃的著急的了不得，你老就早點回店罷。」老殘道：「不要緊的。你既找著了我，你就沒有錯兒了，你去罷。」

店小二去後，書店掌櫃的看了看他去的遠了，慌忙低聲向老殘說道：「你老店裡行李值多少錢？此地有靠得住的朋友嗎？」老殘道：「我店裡行李也不值多錢，我此地亦無靠得住的朋友。你問這話是什麼意思呢？」掌櫃的道：「曹州府現是個玉大人，這人很惹不起的。無論你有理沒理，只要他心裡覺得不錯，就上了站籠

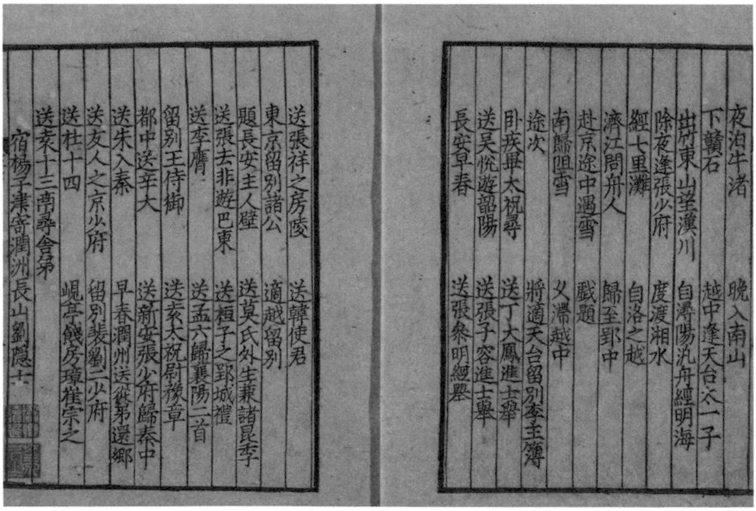
夜泊牛渚
曉入南山
下贛石
越中逢天台太一子
出府東山至漢川
自潯陽泛舟經明海
除夜逢張少府
夜渡湘水
經七里灘
自洛之越
濟江問舟人
歸至郢中
赴京途中遇雪
戲題
南歸阻雪
久滯越中
途次
將適天台留別臨安李主簿
臥疾畢太祝曹
送丁大鳳進士舉
送吳悅遊韶陽
送張子容進士舉
長安早春
送張參明經舉
送張祥之房陵
送韓使君
東京留別諸公
適越留別
題長安主人壁
送莫氏外生兼諸昆季
送張去非遊巴東
送桓子之郢城禮
送李膺
送孟六歸襄陽二首
留別王侍御
送袁太祝尉豫章
都中送辛大
送新安張少府歸秦中
送朱大入秦
早春潤州送從弟還鄉
送友人之京
留別裴劉二少府
送杜十四
峴亭餞房琯崔宗之
送袁十三南尋舍弟
宿楊子津寄潤州長山劉隱士

宋刻本《孟浩然詩集》書影，可見字體相當精美。

了。現在既是曹州府裡來的差人，恐怕不知是誰扳上你老了，我看是凶多吉少，不如趁此逃去罷。行李既不值多錢，就捨去了的好，還是性命要緊。」老殘道：「不怕的。他能拿我當強盜嗎？這事我很放心。」說著，點點頭，出了店門。

街上迎面來了一輛小車，半邊裝行李，半邊坐人。老殘眼快，看見喊道：「那車上不是金二哥嗎？」即忙走上前去。那車上人也就跳下車來，定了定神，說道：「嗳呀！這不是鐵二哥嗎？你怎樣到此地，來做什麼的？」老殘告訴了原委，就說：「你應該打尖了。就到我住的店裡去坐坐談談罷。你從那裡來？往那裡去？」那人道：「這是甚麼時候，我已打過尖了，今天還要趕路程呢。我是從直隸回南，因家下有點事情，急於回家，不能耽擱了。」

老殘道：「既是這樣說，也不留你。只是請你略坐一坐，我要寄封信給劉大哥，託你捎去罷。」說過，就向書店櫃臺對面，那賣紙張筆墨的櫃臺上，買了一枝筆、幾張紙、一個信封，借了店裡的硯臺，草草的寫了一封，交給金二。大家作了個揖，說：「恕不遠送了。山裡朋友見著都替我問好。」那金二接了信，便上了車。老殘也就回店去了。

不知那曹州府來的差人究竟是否捉拿老殘，且聽下回分解。

第八回　桃花山月下遇虎　柏樹峪雪中訪賢

話說老殘聽見店小二來，告說曹州府有差人來尋，心中甚為詫異：「難道玉賢竟拿我當強盜待嗎？」及至步回店裡，見有一個差人，趕上前來請了一個安，手中提了一個包袱，提著放在旁邊椅子上，向懷內取出一封信來，雙手呈上，口中說道：「申大老爺請鐵老爺安。」

老殘接過信來一看，原來是申東造回寓，店家將狐裘送上，東造甚為難過，繼思狐裘所以不肯受，必因與行色不符，因在估衣鋪內選了一身羊皮袍子、馬褂，專差送來，並寫明如再不收，便是絕人太甚了。

老殘看罷，笑了一笑，就向那差人說：「你是府裡

衙門庭園裡的一名差役，照片攝於19世紀。（圖片來源：John Thomson）

的差嗎？」差人回說：「是曹州府城武縣裡的壯班。」老殘遂明白，方才店小二是漏吊下三字了。當時寫了一封謝信，賞了來差二兩銀子盤費，打發去後，又住了兩天，方知這柳家書，確係關鎖在大箱子內，不但外人見不著，就是他族中人亦不能得見，悶悶不樂，提起筆來，在牆上題一絕※1道：

滄葦※2遵王※3士禮居※4，藝芸精舍※5四家書。

註

※1一絕：絕句一首。近體詩體例，此爲七言絕句，每首四句，每句七個字而合平仄格律的詩，稱爲「絕句」。若每句五個字者，則爲五言絕句。

※2滄葦：滄葦，即季振宜（生於西元一六三〇年，卒年不詳），字詵兮，號滄葦，江蘇泰興縣季家市（今江蘇省靖江市季市鎮）人。明末清初官員，家境富裕，喜歡收藏書籍，編有《季滄葦書目》。

※3遵王：即錢曾（西元一六二九年至一七〇一年），字遵王，南直隸蘇州府常熟縣虞山（今江蘇省常熟縣）人，明末清初藏書家。

※4士禮居：即黃丕烈（西元一七六三至一八二五年），字紹武。長洲（今江蘇省蘇州）人。也是有名的藏書家，收藏的書籍頗豐，刊有《士禮居叢書》。

※5藝芸精舍：指汪士鍾（生於西元一七八六年，卒年不詳），字春霆，清代長洲（今蘇州）人，藝芸精舍是他的藏書室名稱。

老殘悶悶不樂，在牆上題詩。（許承菱繪）

題罷，唏噓了幾聲，也就睡了。暫且放下。

卻說那日東造到府署稟辭，與玉公見面，無非勉勵些「治亂世用重刑」的話頭。他姑且敷衍幾句，也就罷了。玉公端茶送出，東造回到店裡，掌櫃的恭恭敬敬將袍子一件、老殘信一封，雙手奉上。東造接來看過，心中悒悒不樂。適申子平在旁邊，問道：「大哥何事不樂？」東造便將看老殘身上著的仍是棉衣，故贈以狐裘，並彼此辯論的話述了一遍，道：「你看，他臨走到底將這袍子留下，未免太矯情了！」子平道：「這事大哥也有點失於檢點。我看他不肯，有兩層意思：一則嫌這裘價值略重，未便遽受；二則他受了也實無用處，斷無穿狐皮袍子，配上棉馬褂

註

※6一齊歸入東昌府：東昌府楊紹和（即文中的柳小惠）得到前面四人的藏書，即季振宜、錢曾、黃丕烈與汪士鍾等四人，建造海源閣收藏這些書籍，成為有名的藏書家。

※7嫏嬛：相傳為天帝的藏書之所。

※8蠹魚：會蛀蝕衣物、書籍的小蟲。銀粉細鱗，形似魚，又名白魚。一滄葦遵王士禮居詩的語譯：季振宜、錢曾、黃丕烈與汪士鍾等四人所收藏的書籍，全部都歸東昌府楊紹和（即文中的柳小惠）所有。這些書被鎖在暗無天日的藏書閣之中，只便宜了蛀書蟲，被牠們給啃食殆盡。

的道理。大哥既想略盡情誼，宜叫人去覓一套羊皮袍子、馬褂，或布面子，或繭紬面子均可。差人送去，他一定肯收。我看此人並非矯飾作偽的人。不知大哥以為何如？」東造說：「很是，很是。你就叫人照樣辦去。」

清朝的衙門馬車，攝於1874年。（圖片來源：世界數位圖書館）

子平一面辦妥，差了個人送去，一面看著乃兄動身赴任。他就向縣裡要了車，輕車簡從的向平陰進發。到了平陰，換了兩部小車，推著行李，在縣裡要了一匹馬騎著。不過一早晨，已經到了桃花山腳下。再要進去，恐怕馬也不便。幸喜山口有個村莊，只有打地鋪的小店，沒法，暫且歇下。向村戶人家雇了一條小驢，將馬也打發回去了。打過尖，吃過飯，向山裡進發。才出村莊，見面前一條沙河，有一里多寬，卻都是沙，惟有中間一線河身，土人架了一個板橋，不過丈數長的光景。橋下河裡雖結滿了冰，還有水聲，從那冰下潺潺的流，聽著像似環佩搖曳的意思，知道是水流帶著小冰，與那大冰相撞擊的聲音了。過了沙河，即是東峪。原來這山從南面迤邐北來，中間龍脈起伏，一時雖看不到，只是這左右兩條大峪，就是兩批長嶺，岡巒重沓，到此相交。除中峰不計外，左邊一條大谿河，叫東峪；右邊一條大谿河，叫西峪。兩峪裡的水，在前面相會，並成一谿，左環右轉，彎了三灣，才出谿口。出口後，就是剛才所過的那條沙河了。

子平進了山口，擡頭看時，只見不遠，前面就是一片高山，像架屏風似的，迎面豎起，土石相間，樹木叢雜。卻當大雪之後，石是青的，雪是白的，樹上枝條是黃的，又有許多松柏是綠的，一叢一叢，如畫上點的苔※9一樣。騎著驢，玩著山景，實在快樂得極，思想做兩句詩，描摹這個景象。

正在凝神，只聽壳鐸一聲，覺得腿膪※10裡一軟，身子一搖，竟滾下山澗去

註

※9畫上點的苔：指繪畫技法，點苔：畫山水畫時，在石頭、地面、枝幹、樹根旁等，加上細點，作為苔蘚、雜草，或在峰巒上加細點，作為遠樹。

※10膪：異體字，讀作「當」，根據《集韻》解釋，應衍生為腿下垂的部位，即小腿內側有肉的部分，俗稱小腿肚。依照上下文意，此處應指小腿。

了。幸喜這路本在澗旁走的，雖滾下去，尚不甚深。況且澗裡兩邊的雪本來甚厚，只為面上結了一層薄冰，做了個雪的包皮。子平一路滾著，那薄冰一路破著，好像從有彈簧的褥子上滾下來似的。滾了幾步，就有一塊大石將他攔住，所以一點沒有碰傷。連忙扶著石頭，立起身來。那知把雪倒戳了兩個一尺多深的窟窿。看那驢子在上面，兩隻前蹄已經立起，兩隻後蹄還陷在路旁雪裡，不得動彈，連忙喊跟隨的人，前後一看，並那推行李的車子，影響俱無。

你道是甚麼緣故呢？原來這山路，行走的人本來不多，故那路上積的雪，比旁邊稍為淺些，究竟還有五六寸深。驢子走來，一步步的不甚吃力。子平又貪看山上雪景，未曾照顧後面的車子，可知那小車輪子，是要壓倒地上往前推的，所以積雪的阻力顯得很大。一人推著，一人挽著，尚走得不快，本來去驢子已落後有半里多路了。

申子平陷在雪中，不能舉步，只好忍著性子，等小車子到。約有半頓飯工夫，車子到了，大家歇下來想法子。

中國大同府上的驢子跟馬車。（圖片來源：《亞東印畫輯》第13冊，1931年出版）

下頭人固上不去，上頭的人也下不來。想了大半天，說：「只好把捆行李的繩子解下兩根，接續起來，將一頭放了下去。」

申子平自己將繩繫在腰裡，那一頭，上邊四五個人齊力收繩，方才把他吊了上來。跟隨人替他把身上雪撲了又撲，然後把驢子牽來，重復騎上，慢慢的行。

這路雖非羊腸小道，然忽而上高，忽而下低，石頭路徑，冰雪一凍，異常的滑，自飯後一點鐘起身，走到四點鐘，還沒有十里地。心裡想道：「聽村莊上人說，到山集不過十五里地，然走了三個鐘頭，才走了一半。」冬天日頭本容易落，況又是個山裡，兩邊都有嶺子遮著，愈黑得快。一面走著，一面的算，不知不覺，那天已黑下來了。勒住了驢繮※11，同推車子商議道：「看看天已黑下來了，大約還有六七里地呢，路又難走，車子又走不快，怎麼好呢？」車夫道：「那也沒有法子，好在今兒是個十三日，月亮出得早，不管怎麼，總要趕到集上去。大約這荒僻山徑，不會有強盜，雖走晚些，到也不怕他。」子平道：「強盜雖沒有，倘或有

註

※11繮：同今韁字，是韁的異體字。繫在馬頸上的繩子。驢繮，繫在驢頸上的繩子。

了，我也無多行李，很不怕他，拿就拿去，也不要緊；實在可怕的是豺狼虎豹。天晚了，倘若出來個把，我們就壞了！」車夫說：「這山裡虎倒不多，有神虎管著，從不傷人，只是狼多些。聽見他來，我們都拿根棍子在手裡，也就不怕他了！」

說著，走到一條橫澗跟前，原是本山的一支小瀑布，流歸谿河的。瀑布冬天雖然乾了，那沖的一條山溝，尚有兩丈多深，約有二丈多寬，當面隔住，一邊是陡山，一邊是深峪，更無別處好繞。

子平看見如此景象，心裡不禁作起慌來，立刻勒住驢頭，等那車子走到，說：「可了不得！我們走差了路，走到死路上了！」那車夫把車子歇下，喘了兩口氣，說：「不要慌，不要慌！這條路影一順來的，並無第二條路，不會差的。等我前去看看，該怎麼走。」朝前走了幾十步，回來說：「路倒是有，只是不好走。你老下驢罷。」

子平下來牽了驢，依著走到前面看時，原來轉過大

一個中國男子正用驢子運貨，照片攝於約二十世紀初的中國。（圖片來源： Robert Henry Chandless）

石，靠裡有人架了一條石橋。只是此橋僅有兩條石柱，每條不過一尺一二寸寬，兩柱又不緊相黏靠，當中還罅※12著幾寸寬一個空當兒，石上又有一層冰，滑溜滑溜的。子平道：「可嚇煞我了！這橋怎麼過法？一滑腳就是死，我真沒有這個膽子走！」車夫大家看了說：「不要緊，我有法子。好在我們穿的都是蒲草毛窩※13，腳下很把滑※14的，不怕他。」一個人道：「等我先走一趟試試。」遂跳竄跳竄的走過去了，嘴裡還喊著：「好走，好走！」立刻又走回來說：「車子卻沒法推；我們四個人擡一輛，作兩趟擡過去罷。」

申子平道：「車子擡得過去，我卻走不過去。——那驢子又怎樣呢？」車夫道：「不怕的，且等我們先把你老扶過去，別的你就不用管了。」子平道：「就是有人扶著，我也是不敢走。告訴你說罷！我兩條腿已經軟了，那裡還能走路呢！」車夫說；「那麼也有辦法，你老索性睡下來，我們兩個人擡頭，兩個人擡腳，把你

註

※12罅：讀作「下」。分開、裂開。《說文解字．缶部》：「罅，裂也。」
※13蒲草毛窩：以蒲草編成的鞋子，適合在雪地上行走。
※14把滑：把持穩固，不易滑跤。

老擡過去，何如？」子平說：「不妥！不妥！」又一個車夫說：「還是這樣罷，解根繩子，你老拴在腰裡，我們夥計，一個在前頭挽著一個繩頭，一個夥計在後頭挽著一個繩頭，這個樣走，你老膽子一壯，腿就不軟了。」子平說：「只好這樣。」

山中一座覆蓋滿雪的橋，由19世紀日本浮世繪畫家歌川廣重所繪。

於是先把子平照樣扶掖過去，隨後又把兩輛車子擡了過去，倒是一個驢死不肯走，費了許多事，仍是把他眼睛蒙上，一個人牽，一個人打，才混了過去。等到忙定妥了，那滿地已經都是樹影子，月光已經很亮的了。

大家好容易將危橋走過，歇了一歇，吃了袋煙，再望前進。走了不過三四十步，聽得遠遠嗚嗚的兩聲。車夫道：「虎叫！虎叫！」一頭走著，一頭留神聽著。

又走了數十步，車夫將車子歇下，說：「老爺，你別騎驢了，下來罷。聽那虎叫，從西邊來，越叫越近了。恐怕是要到這路上來，我們避一避罷。倘到了跟前，就避不及了。」說著，子平下了驢。車夫說：「咱們捨掉這個驢子餵他罷！」路旁有個小松，他把驢子繮繩拴在小松樹上，車子就放在驢子旁邊，人卻倒迴走了數十步，把子平藏在一處石壁縫裡。車夫有躲在大石腳下，用些雪把身子遮了的，有兩個車夫，盤在山坡高樹枝上的，都把眼睛朝西面看著。

說時遲，那時快，只見西邊嶺上月光之下，竄上一個物件來。到了嶺上，又是嗚的一聲。只見把身子往下一探，已經到了西澗邊了，又是嗚的一聲。這裡的人又是冷，又是怕，止不住格格價亂抖，還用眼睛看著那虎。那虎既到西澗，卻立住了腳，眼睛映著月光，灼亮灼亮，並不朝著驢子看，卻對著這幾個人，又嗚的一聲，將身子一縮，對著這邊撲過來了。這時候山裡本來無風，卻聽得樹梢上呼呼地響，樹上殘葉漱漱地落，人面上冷氣棱棱地割。這幾個人早已嚇得魂飛魄散了。

大家等了許久，卻不見虎的動靜。還是那樹上的車夫膽大，下來喊眾人道：「出來罷，虎去遠了。」車夫等人次第出來，方才從石壁縫裡把子平拉出，已經嚇得呆了。過了半天，方能開口說話，問道：「我們是死的是活的哪？」車夫道：

車夫有躲在大石腳下，用些雪把身子遮了的，有盤在山坡高樹枝上的。（圖片來源：民國石印本《老殘遊記》，陸子常繪）

「虎過去了。」子平道：「虎怎樣過去的？一個人沒有傷麼？」那在樹上的車夫道：「我看他從澗西沿過來的時候，只是一穿，彷彿像鳥兒似的，已經到了這邊了。他落腳的地方，比我們這樹梢還高著七、八丈呢。落下來之後，又是一縱，已經到了這東嶺上邊，嗚的一聲向東去了。」◎1

申子平聽了，方才放下心來，說：「我這兩隻腳還是稀軟稀軟，立不起來，怎樣是好？」眾人道：「你老不是立在這裡的嗎？」子平低頭一看，才知道自己並不是坐著，也笑了，說道：「我這身子真不聽我調度了。」於是眾人攙著，勉強移步，走了約數十步，方才活動，可以自主。歎了一口氣道：「命雖不送在虎口裡，這夜裡若再遇見剛才那樣的橋，斷不能過！肚裡又飢，身上又冷，活凍也凍死了。」說著，走到小樹旁邊看那驢子，也是伏在地下，知是被那虎叫嚇的如此。跟人把驢子拉起，把子平扶上驢子，慢慢價走。

轉過一個石嘴，忽見前面一片燈光，約有許多房子，大家喊道：「好了，好了！前面到了集鎮了！」只此一聲，人人精神震動。不但人行，腳下覺得輕了許多，即驢子亦不似從前畏難苟安的行動。

那消片刻工夫，已到燈光之下，原來並不是個集鎮，只有幾家人家，住在這山坡之上。因山有高下，故看出如層樓疊榭一般。到此大家商議，斷不再走，硬行敲

註

※15唐子畏畫虎：唐子畏，即唐寅（西元一四七〇至一五二三年）明代畫家、文學家，吳縣人，字伯虎，一字子畏，號六如居士、桃花庵主等。編者按：歷史上未有唐伯虎畫虎的記載，文中說「唐子畏畫虎」，找不到相關記載，且《中華民國教育部重編國語辭典修訂本》中說他「擅畫山水，多取法南宋李唐、劉松年，兼採元人法，並工畫人物、花鳥，筆墨秀潤峭利，景物清雋生動，工筆、寫意俱佳。」並未提到他擅長畫動物。

※16施耐庵：即施子安，字耐庵，元東都人，生卒年不詳。著有《水滸傳》等書。《水滸傳》中有虎松打虎一段情節，武松勇武有力，曾路經景陽崗，徒手打死猛虎。

評批

◎1：唐子畏畫虎※15，不及施耐庵※16說虎；唐子畏畫的是死虎，施耐庵說的是活虎。施耐庵說虎，不及百鍊生說虎；施耐庵說的是凡虎，百鍊生說的是神虎。（劉鶚評）

門求宿，更無他法。

當時走近一家，外面係虎皮石砌的牆，一個牆門，裡面房子看來不少，大約總有十幾間的光景。於是車夫上前扣門，扣了幾下，裡面出來一個老者，鬚髮蒼然，手中持了一枝燭臺，燃了一枝白蠟燭，口中問道：「你們來做甚麼的？」

申子平急上前，和顏悅色的把原委說了一遍，說道：「明知並非客店，無奈從人萬不能行，要請老翁行個方便。」那老翁點點頭，道：「你等一刻，我去問我們姑娘去。」說著，門也不關，便進裡面去了。子平看了，心下十分詫異：「難道這家人家竟無家主嗎？何以去問姑娘？難道是個女孩兒當家嗎？」既而想道：「錯了，錯了。想必這家是個老太太做主。這個老者想必是他的侄兒。姑娘者，姑母之謂也。理路甚是，一定不會錯了。」

霎時，只見那老者隨了一個中年漢子出來，手中仍拿燭臺，說聲「請客人裡面

20世紀中國畫家胡藻斌畫的老虎圖。

坐」。原來這家，進了牆門就是一平五間房子，門在中間，門前臺階約十餘級。中年漢子手持燭臺，照著申子平上來。子平吩咐車夫等：「在院子裡略站一站，等我進去看了情形，再招呼你們。」

子平上得臺階，那老者立於堂中，說道：「北邊有個坦坡，叫他們把車子推了，驢子牽了，由坦坡進這房子來罷。」原來這是個朝西的大門。眾人進得房來，是三間廠屋※17，兩頭各有一間，隔斷了的。這廠屋北頭是個炕，南頭空著，將車子同驢安置南頭，一眾五人，安置在炕上。然後老者問了子平名姓，道：「請客人裡邊坐。」

於是過了穿堂，就是臺階。上去有塊平地，都是栽的花木，映著月色，異常幽秀。且有一陣陣幽香，清沁肺腑。向北乃是三間朝南的精舍※18，一轉俱是迴廊，用帶皮杉木做的闌柱※19。進得房來，上面掛了四盞紙燈，斑竹紮的，甚為靈巧。兩間

註

※17廠屋：即敞屋，指沒有遮隔的大房間。
※18精舍：學舍、書齋，也指寺院。
※19闌柱：闌，讀作「攔」。門前的遮欄或欄杆。依照上下文意，此處應指走廊處的護欄。

評批

◎ 2：這女子人耶？鬼耶？仙耶？魅耶？我甚盼望下一回早日出書矣。（劉鶚評）

敞著，一間隔斷，做個房間的樣子。桌椅几案，布置極為妥協。房間掛了一幅褐色布門簾。

老看到房門口，喊了一聲：「姑娘，那姓申的客人進來了。」卻看門簾掀起，裡面出來一個十八、九歲的女子。穿了一身布服，二藍褂子，青布裙兒，相貌端莊瑩靜，明媚閑雅，見客福了一福※20，子平慌忙長揖答禮。女子說：「請坐。」即命老者：「趕緊的做飯，客人餓了。」老者退去。

那女子道：「先生貴姓？來此何事？」子平便將奉家兄命特訪劉仁甫的話說了一遍。那女子道：「劉先生當初就住這集東邊的，現在已搬到柏樹峪去了。」子平問：「柏樹峪在什麼地方？」那女子道：「在集西有三十多里的光景。那邊路比這邊更僻，愈加不好走了。家父前日退

中國客棧裡的炕，前面的地板上可以看到一個小圓孔，火從那裡通入，加熱整個炕，圖片年代為1909年。（圖片來源：Emily Georgiana Kemp）

值回來，告訴我們說：今天有位遠客來此，路上受了點虛驚，吩咐我們遲點睡，預備些酒飯，以便款待。並說：簡慢了尊客，千萬不要見怪。」子平聽了，驚訝之至：「荒山裡面，又無衙署，有什麼值日退值？何以前天就會知道呢？這女子何以如此大方，豈古人所謂有林下風範※21的，就是這樣嗎？倒要問個明白。」

不知申子平能否察透這女子形跡，且聽下回分解。◎2

中國東北客棧大通鋪裡的炕，圖為1887年英國傳教士所繪。

註

※20福了一福：即行萬福禮。古代婦女行拜手禮時，多口稱萬福，後因沿稱行拜手禮爲萬福。

※21林下風範：形容婦人舉止嫻雅，風韻脫俗。

第九回　一客吟詩負手面壁　三人品茗促膝談心

話說申子平正在凝思，此女子舉止大方，不類鄉人，況其父在何處退值。正欲詰問，只見外面簾子動處，中年漢子已端進一盤飯來。那女子道：「就擱在這西屋炕桌上罷。」

這西屋靠南窗原是一個磚砌的暖炕，靠窗設了一個長炕几，兩頭兩個短炕几，當中一個正方炕桌，桌子三面好坐人的。西面牆上是個大圓月洞窗子，正中鑲了一塊玻璃，窗前設了一張書案。中堂雖未隔斷，卻是一個大落地罩。那漢子已將飯食列在炕桌之上，卻只是一盤饅頭，一壺酒，一罐小米稀飯，倒有四肴小菜，無非山蔬野菜之類，並無葷腥。女子道：「先生請用飯，我少停就來。」說著，便向東房裡去了。

中國客棧內較為高級房間裡的炕，炕上還有桌子，攝於1923年。

抬頭看見北牆上掛著四幅大屏。（圖片來源：民國石印本《老殘遊記》，陸子常繪）

子平本來頗覺飢寒，於是上炕先飲了兩杯酒，隨後吃了幾個饅頭。雖是蔬菜，卻清香滿口，比葷菜更為適用。吃過饅頭，喝了稀飯，那漢子舀了一盆水來，洗過臉，立起身來，在房內徘徊徘徊，舒展肢體。抬頭看見北牆上掛著四幅大屏，草書寫得龍飛鳳舞，出色驚人，下面卻是雙款※1：上寫著「西峰柱史正非」，下寫著「黃龍子呈稿」。草字雖不能全識，也可十得八九。仔細看去，原來是六首七絕詩，非佛非仙，咀嚼起來，倒也有些意味。既不是寂滅虛無※2，又

註

※1雙款：稱書畫作品中上、下款齊具者。

※2寂滅：佛教謂斷除貪欲、瞋恨、愚癡和一切煩惱，不再輪迴生死的境界。虛無：沒有具體的形象，是虛空無為的。

不是鉛汞龍虎[3]。看那月洞窗下，書案上有現成的紙筆，遂把幾首詩抄下來，預備帶回衙門去，當新聞紙看。你道是怎樣個詩？請看，詩曰[4]：

曾拜瑤池[5]九品蓮，希夷授我指元篇[6]。
光陰荏苒真容易，回首滄桑五百年。

上圖為《瑤池獻壽圖》，西王母在瑤池宴請周穆王，傳為南宋劉松年所畫。下圖為清代畫家改琦《天女散花圖》。

紫陽※7屬和翠虛吟※8，傳響空山霹靂琴※9。
剎那未除人我相※10，天花黏滿護身雲※11。

註

※3鉛汞：道家以鉛、汞來提煉藥物，故用以代指煉丹。龍虎，道家對水火的稱呼。

※4詩曰：這是六首七言絕句，詩句使用大量的典故，深奧玄妙，無法以現代語言恰當的翻譯，以免曲解其意，故此處不作翻譯。

※5瑤池：仙界的天池，傳說中在崑崙山上，周穆王西征曾在此受西王母宴請。後泛指神仙居住的地方。

※6希夷授我指元篇：希夷，指陳摶（生年不詳，卒於西元九八九年），字圖南，自號扶搖子，宋眞源人（今河南省鹿邑縣東）。五代時隱居華山，宋太宗賜號希夷先生。著有《指元篇》。

※7紫陽：即張伯端（西元九八七年至一〇八二年），紫陽是他的道號，故尊爲「紫陽眞人」。

※8翠虛吟：宋代道士陳楠著有《翠虛篇》，其中一篇爲〈翠虛吟〉。

※9霹靂琴：指被雷電擊中因而起火燃燒的枯桐木，以其所製作的琴，稱爲霹靂琴。

※10人我相：佛教用語。四相其中的兩相，人相、我相。我相，即我執，指眾生執著有一個眞實存在的自我之心態。人相，是除了我以外的其他人的意思，同樣是起於我執，因爲執著這個我，所以才會對別人起了分別心。

※11天花黏滿護身雲：典故出自《維摩詰經・觀眾生品》，大意爲：當時在維摩詰室有一位天女，見到眾位諸菩薩弟子聆聽舍利弗說法，就以天花散在他們身上。花掉在諸菩薩身上隨即墜落，但落在弟子身上卻沒掉下來。以神力想將花拂去卻不能，天女就問舍利弗說：「爲甚麼要把花拂去呢？」舍利弗答道：「這花對佛法有所違背，所以要去掉。」……（天女說）弟子們心有所執著，容易對外物起了分別心，所以花才會黏在身上不墜落；而眾位菩薩已心無所住，所以花不沾身。」此亦爲「天女散花」一詞的典故。

情天欲海※12足風波，渺渺無邊是愛河※13。
引作園中功德水※14，一齊都種曼陀羅※15。
石破天驚※16一鶴飛，黑漫漫夜五更雷。
自從三宿空桑※17後，不見人間有是非。

上圖為曼陀羅花，下圖為西方極樂世界圖，畫中可見八功德池與須彌山等，繪於18世紀。

野馬塵埃※18晝夜馳，五蟲※19百卉互相吹。
偷來鷲嶺※20涅槃※21樂，換取壺公※22杜德機※23。

註

※12欲海：欲望如海一般的深廣，永難滿足。

※13愛河：比喻愛欲如河，使人陷溺其中。

※14功德水：西方極樂世界的八功德池及須彌山、七金山的內海，皆盈滿八功德水。八功德謂一甘、二冷、三軟、四輕、五清淨、六不臭、七飲時不損喉、八飲後不傷腸。參見《俱舍論》。

※15曼陀羅：佛教的聖花，即白蓮花。

※16石破天驚：語出唐．李賀〈李憑箜篌引〉：「女媧鍊石補天處，石破天驚逗秋雨。」翻譯：高昂的樂聲直衝雲霄，好似到達女媧煉石補過的天際，用來補天的五彩石被擊破，驚天動地，惹得秋雨降落大地。石破天驚，形容事物新奇而驚人。

※17空桑：自空心桑樹裡生長出來。古代傳說有一採桑女子，在空心桑樹裡拾得一個嬰兒，長大後即是商代政治家伊尹。

※18野馬塵埃：野馬，游動的薄雲或水蒸氣。出自《莊子．逍遙遊》：「野馬也，塵埃也。」

※19五蟲：古人對動物的分類。稱人爲「倮蟲」，稱獸爲「毛蟲」，稱禽爲「羽蟲」，稱魚爲「鱗蟲」，稱有殼的爲「介蟲」。

※20鷲嶺：即靈鷲山。位於中印度摩揭陀國王舍城東北。釋迦牟尼曾在此說法。後亦用於泛稱佛教聖地。

※21涅槃：佛教修行者的終極理想。指滅一切貪、瞋、痴的境界。因爲所有的煩惱都已滅絕，所以永不再輪迴生死。

※22壺公：即壺子，是戰國時代思想家列禦寇的老師。

※23杜德機：閉塞人天生本有純眞的生機，此生機是源源不絕，無限的。出自《莊子．應帝王》。

菩提※24葉老法華※25新，南北同傳一點燈※26。
五百天童齊得乳，香花供奉小夫人※27。◎1

子平將詩抄完，回頭看那月洞窗外，月色又清又白，映著那層層疊疊的山，一步高一步的上去，真是仙境，迥非凡俗。此時覺得並無一點倦容，何妨出去上山閑步一回，豈不更妙？才要動腳，又想道：「這山不就是我們剛才來的那山嗎？這月不就是剛才踏的那月嗎？為何來的時候，便那樣的陰森慘淡，令人怵魄動心？此刻山月依然，何以令人心曠神怡呢？」就想到王右軍※30說的：「情隨境遷，感慨係之矣。」真正不錯。

低徊了一刻，也想做兩首詩，只聽身後邊嬌滴滴的聲音說道：「飯用過了罷？怠慢得很。」慌忙轉過頭來，見那女子又換了一件淡綠印花布棉襖，青布大腳褲子，愈顯得眉似春山，眼如秋水；兩腮醲厚，如帛裹朱，從白裡隱隱透出紅

《王羲之觀鶴圖》，宋末元初人錢選繪。

來，不似時下南北的打扮，用那胭脂塗得同猴子屁股一般；口頰之間若帶喜笑，眉眼之際又頗似振矜，真令人又愛又敬。女子說道：「何不請炕上坐，暖和些。」於

註

※24菩提：梵語bodhi的音譯。從汙染迷惑中體悟四聖諦。此指菩提樹。
※25法華：指《妙法蓮華經》，簡稱《法華經》。是大乘佛教重要典籍之一，主張一切眾生都能成佛。
※26南北同傳一點燈：此指禪宗的南北二宗，皆是傳揚佛法。禪宗，自菩提達摩以後，分為北宗與南宗二派。北宗強調漸修，南宗主頓悟。
※27五百天童齊得乳，香花供奉小夫人：佛經故事。小夫人，指的鹿女。她嫁給烏提延王，產下五百個卵，被大夫人所忌妒，就把她所產的卵用麵糰掉包。後來卵被薩耽菩王所撿獲，卵裂開後誕下五百名童子，長成五百個大力士。薩耽菩王與烏提延王作戰，這五百名大力士替薩耽菩王出戰，使得烏提延王有所忌憚。此時，有仙人告知這五百名大力士，他們眞正的親生父母其實是烏提延王與鹿女，此時鹿女擠出乳汁餵養這五百名兒子，他們隨即向親生父母懺悔，雙方從此休戰，眾人頓悟成佛。事見《雜寶藏經》。
※28郭璞：郭璞（西元二七六至三二四年），字景純，河東聞喜人。東晉文學家與思想家。擅長作古文詩賦，頗有文采。又精通陰陽曆算五行卜筮之術，後因卦筮違逆王敦，被殺。曾為《爾雅》、《山海經》、《方言》、《楚辭》等書作註。
※29曹唐：生卒年不詳，字堯賓，唐朝桂州臨桂縣（今廣西桂林）人。擅長寫作《遊仙詩》，早年曾為道士，他所作的《小遊仙》詩九十七首收錄在《全唐詩》中。著有《曹從事詩集》。
※30王右軍：即王羲之（西元三二一至三七九年）字逸少，王導的姪兒，晉臨沂（今山東省界內）人。曾為右軍將軍，故稱王右軍。擅長書法，所寫行書、楷書，冠絕古今，代表作為〈蘭亭集序〉、〈樂毅論〉，後人稱為「書聖」。

評批

◎1：詩在郭璞※28、曹唐※29之間，文合留仙、西河而一。（劉鶚評）

是彼此坐下。

那老蒼頭※31進來問姑娘道：「申老爺行李放在什麼地方呢？」姑娘說：「太爺前日去時，吩咐就在這裡間太爺榻上睡，行李不用解了。跟隨的人都吃過飯了嗎？你叫他們早點歇罷。驢子餵了沒有？」蒼頭一一答應，說：「都齊備妥協了。」姑娘又說：「你煮茶來罷。」蒼頭連聲應是。

子平道：「塵俗身體，斷不敢在此地下榻。來時見前面有個大炕，就同他們一道睡罷。」女子說：「無庸過謙，此是家父吩咐的。不然，我一個山鄉女子，也斷不擅自迎客。」子平道：「蒙惠過分，感謝已極。只是還不曾請教貴姓？尊大人是做何處的官？在何處值日？」女子道：「敝姓涂氏。家父在碧霞宮上值，五日一班。合計半月在家，半月在宮。」

子平問道：「這屏上詩是何人做的？看來只怕是

碧霞宮供奉碧霞元君，為華北地區最著名的山神信仰，圖為位於泰山山上的碧霞祠，攝於1907年。

個仙家罷？」女子道：「是家父的朋友，常來此地閒談，就是去年在此地寫的。這個人也是個不衫不履[※32]的人，與家父最為相契。」子平道：「這人究竟是個和尚，還是個道士？何以詩上又像道家的話，又有許多佛家的典故呢？」女子道：「既非道士，又非和尚，其人也是俗裝。他常說：『儒、釋、道三教，譬如三個鋪面掛了三個招牌，其實都是賣的雜貨，柴米油鹽都是有的。不過儒家的鋪子大些，佛、道的鋪子小些，皆是無所不包的。』又說：『凡道總分兩層：一個叫道面子，一個叫道裡子。道裡子都是同的，道面子就各有分別了。如和尚剃了頭，道士挽了個髻，叫人一望而知那是和尚、那是道士。倘若叫那和尚留了頭，也挽個髻子，披件鶴氅[※33]，道士剃了髮，著件袈裟，人又要顛倒呼喚起來了。難道眼、耳、鼻、舌不是那個用法嗎？』又說：『道面子有分別，道裡子實是一樣的。』所以這黃龍子先生，不拘三教，隨便吟詠的。」

子平道：「得聞至論，佩服已極，只是既然三教道裡子都是一樣，在下愚蠢得

註

※31 老蒼頭：老人，因年老而髮蒼白。
※32 不衫不履：衣鞋不整。形容人灑脫而不事修飾，不拘小節。
※33 鶴氅：用鶴羽製成的外衣。

極，倒要請教這同處在甚麼地方，異處在甚麼地方？何以又有大小之分？儒教最大，又大在甚麼地方？敢求指示。」女子道：「其同處在誘人為善，引人處於大公。人人好公，則天下太平；人人營私，則天下大亂。惟儒教公到極處。你看，孔子一生遇了多少異端？如長沮、桀溺、荷蓧丈人※34等類，均不十分佩服孔子，而孔子反贊揚他們不置，是其公處，是其大處。所以說：『攻乎異端，斯害也已。』若佛、道兩教，就有了偏心。惟恐後世人不崇奉他的教，所以說出許多天堂地獄的話來嚇唬人。這還是勸人行善，不失為公。甚則說崇奉他的教，就一切罪孽消滅；不崇奉他的教，就是魔鬼入宮，死了必下地獄等辭，這就是私了。

「至於外國一切教門，更要力爭教興兵接戰，殺人如麻。試問，與他的初心

明仇英繪《子路問津》圖，孔子路上遇見耕田的長沮、桀溺兩人，認為他們是隱士，讓子路去詢問渡口在何處。

合不合呢？所以就愈小了。若回教說，為教戰死的血光如玫瑰紫的寶石一樣，更騙人到極處！只是儒教可惜失傳已久，漢儒拘守章句，反遺大旨；到了唐朝，直沒人提及。韓昌黎※35是個通文不通道的腳色，胡說亂道！他還要做篇文章，叫做〈原道〉，真正原到道反面去了！他說：『君不出令，則失其為君；民不出粟、米、絲、麻以奉其上，則誅。』※36如此說去，那桀、紂※37很會出令的，又很會誅民

註

※34荷蓧丈人：用肩膀扛著農具的老人。荷，用肩膀扛著。蓧，讀作「掉」。古時用來除草的農具。以竹或草本的枝條編成。丈人，是對老者的敬稱。出自《論語．微子》：「子路從而後，遇丈人，以杖荷蓧。」語譯：子路跟在孔子的後面行走，落在後面，途中遇到一位老人，用拐杖挑著農具。

※35韓昌黎：即韓愈，（西元七六八至八二四年）字退之，唐代河陽人。崇尚儒學，排斥佛學與老子學說，與柳宗元提倡古文運動，爲後世作古文者樹立良好典範。祖先世居昌黎，因此自稱爲昌黎韓愈。卒諡文，宋代元豐年間追封爲昌黎伯，世稱爲「韓昌黎」。門人編次其詩文爲《昌黎先生集》。

※36「君不出令，則失其爲君；民不出粟、米、絲、麻以奉其上，則誅」：出自韓愈〈原道〉。語譯：君王不下達命令，就失去了君主的權力；人民不生產糧食、絲麻以供在上位者使用，就應當被誅殺。

※37桀、紂：桀，夏朝最後一代君王，非常凶狠殘暴。紂，商朝最後一位君主，也是個殘暴的君主。

的，然則桀、紂之為君是，而桀、紂之民全非了，豈不是是非顛倒嗎？

「他卻又要闢佛、老，倒又與和尚做朋友。所以後世學儒的人，覺得孔、孟的道理太費事，不如弄兩句闢佛、老的口頭禪，就算是聖人之徒，豈不省事？弄的朱夫子也出不了這個範圍，只好據韓昌黎的〈原道〉去改孔子的《論語》，把那『攻乎異端』※38的『攻』字，百般扭捏，究竟總說不圓，卻把孔、孟的儒教被宋儒弄的小而又小，以至於絕了！」

韓昌黎像。

子平聽說，肅然起敬道：「與君一夕話，勝讀十年書！真是聞所未聞！只是還不懂：長沮、桀溺倒是異端，佛老倒不是異端，何故？」女子道：「皆是異端。先生要知『異』字當不同講，『端』字當起頭講。『執其兩端』※39是說執其兩頭的意思。若『異端』當邪教講，豈不『兩端』要當椏杈※40教講？『執其兩端』便是抓住了他個椏杈教呢，成何話說呀？聖人

朱熹像。

意思，殊途不妨同歸，異曲不妨同工。只要他為誘人為善，引人為公起見，都無不可。所以叫做『大德不踰閑，小德出入，可也。』※41若只是為攻訐起見，初起尚只攻佛攻老，後來朱※42、陸※43異同，遂操同室之戈，併是祖孔、孟的，何以朱之

註

※38攻乎異端：原指攻讀六籍經典以外的雜學。語出《論語．爲政》：「攻乎異端，斯害也已。」後稱專治於非正道的事、物。

※39執其兩端：掌握過與不及的兩面情況，而取其中道。出自《禮記．中庸》：「執其兩端，用其中於民。」意謂處理事物應不偏不倚，謹守中庸之道而不趨極端。

※40椏杈：樹木兩枝分歧的地方。讀作「鴉岔」。

※41「大德不踰閑，小德出入，可也。」：在人的品德操守上不踰矩，偶爾犯些小錯，是可以容忍的。出自《論語．子張》。

※42朱：指朱熹（西元一一三〇至一二〇〇年），字元晦，後改字仲晦，晚號晦翁，又號晦菴、紫陽。其學以居敬窮理爲主，集宋代理學之大成。

※43陸：指陸九淵（西元一一三九至一一九二年），字子靜，南宋撫州金谿（今屬江西省）人。曾結茅講學於象山，學者稱象山先生。嘗與朱熹會鵝湖論辯，所見多不合。熹重道問學，主張格物窮理；九淵重尊德性，主張心即是理。九淵學說後由明朝王守仁繼承發揚，成爲陸王學派。著有《象山集》二十八卷、《外集》四卷、《語錄》四卷。

子孫要攻陸，陸之子孫要攻朱呢？此之謂『失其本心』※44，反被孔子『斯害也已』※45四個字定成鐵案！」

子平聞了，連連贊歎，說：「今日幸見姑娘，如對明師。但是宋儒錯會聖人意旨的地方，也是有的，然其發明正教的功德，亦不可及。即如『理』『欲』二字，『主敬』『存誠』※46等字，雖皆是古聖之言，一經宋儒提出，後世實受惠不少，人心由此而正，風俗由此而醇。」那女子嫣然一笑，秋波流媚，向子平睇了一眼。子平覺得翠眉含嬌，丹脣啟秀，又似有一陣幽香，沁入肌骨，不禁神魂飄蕩。那女子伸出一隻白如玉、軟如棉的手來，隔著炕桌子，握著子平的手。握住了之後，說道：「請問先生：這個時候，比你少年在書房裡，貴業師握住你手『扑作教刑』※47的時候何如？」子平

古代男女親暱場景，圖為清畫家仇英所繪之《西廂記》。

默無以對。

女子又道：「憑良心說，你此刻愛我的心，比愛貴業師何如？聖人說的，『所謂誠其意者，毋自欺也。如惡惡臭，如好好色。』※48孔子說：『好德如好色。』」

註

※44 失其本心：指失去良心。儒家認爲，每個人天生本有良知良心，如看見有人受苦難即會生出惻隱之心，這是天生本有的，上天所賦予我們的；但若是人的良心被私慾所蒙蔽，人爲了滿足私慾，就會爲非作歹，這就是「失其本心」。出自《孟子．告子上》：「鄉爲身死而不受，今爲所識窮乏者，得我而爲之，是亦不可以已乎！此之謂失其本心。」語譯：以前寧願死也不肯接受，現在爲了我所認識貧窮的朋友卻接受了，難道這些都是不能拒絕的嗎？這就是所謂的失去了本有的良心。依照本書上下文的脈絡來看，這裡的「失其本心」是指失去孔孟儒學原本的眞義。宋明儒學分成兩派，程朱（程頤、朱熹）和陸王（陸九淵、王陽明），前者主張「格物窮理」；後者主張「心即是理」。他們的擁護者因爲學說的分歧，就互相攻擊對方，而忽略了無論是程朱還是陸王，其所本的都是孔孟思想，發展到後來卻因爲彼此的詮釋理解不同，就互相攻擊對方，這就是失去孔孟思想的眞諦。

※45 斯害也已：子曰：「攻乎異端，斯害也已！」出自《論語．爲政》。語譯：孔子說：「鑽研異端邪說，就是禍害。」

※46 主敬存誠：主敬，心內恭敬。語本《禮記．少儀》：「祭祀主敬。」存誠，心存虔誠。語本《易經．乾卦．九二》：「閑邪存其誠。」主敬存誠表示內心恭敬虔誠的意思，是宋儒律身的根本。

※47 扑作教刑：指以戒尺責打不守教令的人。後多用以稱責打。扑，戒尺；教刑，古時一種刑罰。

※48 所謂誠其意者，毋自欺也。如惡惡臭，如好好色：出自《大學》。語譯：要讓意念眞實虔誠，就不能自我欺騙。就像厭惡難聞的氣味，喜愛美女一樣，都出自眞心。

※49孟子說：『食色，性也。』※50子夏說：『賢賢易色。』※51這好色乃人之本性。宋儒要說好德不好色，非自欺而何？自欺欺人，不誠極矣！他偏要說『存誠』，豈不可恨！

「聖人言情言禮，不言理欲。刪《詩》以〈關雎〉為首，試問『窈窕淑女，君子好逑』※52，『求之不得』，至於『輾轉反側』，難道可以說這是天理，不是人欲嗎？舉此可見聖人決不欺人處。〈關雎〉序上說道：『發乎情，止乎禮義。』※53發乎情，是不期然而然的境界。即如今夕，嘉賓惠臨，我不能不喜，發乎情也。先生來時，甚為困憊，又歷多時，宜更

清乾隆手書《詩經》圖鑑。

憊矣，乃精神煥發，可見是很喜歡，如此，亦發乎情也。以少女中男※54，深夜對坐，不及亂言，止乎禮義矣。此正合聖人之道。若宋儒之種種欺人，口難罄述。然宋儒固多不是，然尚有是處；若今之學宋儒者，直鄉愿※55而已，孔、孟所深惡而痛絕者也！」

話言未了，蒼頭送上茶來，是兩個舊瓷茶碗，淡綠色的茶，才放在桌上，清香

註

※49好德如好色：子曰：「吾未見好德如好色者也。」出自《論語．子罕》。語譯：孔子說：「我從沒見過崇尚美德的人，也和喜愛美色的人一樣。」

※50食色，性也：告子曰：「食色，性也。」出自《孟子．告子上》。語譯：飲食和性慾，都是人性。這句話雖然是出自《孟子》一書，卻不是孟子的主張，而是告子說的。

※51賢賢易色：子夏曰：「賢賢易色，事父母能竭其力，事君能致其身，與朋友交言而有信。」出自《論語．學而》。語譯：子夏說：「重視賢士看輕美色、盡心的侍奉父母、盡心的爲君主效命、交朋友守信重諾的人。」

※52窈窕淑女，君子好逑：出自《詩經．周南．關雎》。語譯：體態美好，性情溫婉的女子，是男子的好配偶。

※53發乎情，止乎禮義：語譯：男女交往，應該發自眞情，合於禮義規範。本是儒家對詩歌創作的文學批評觀念。語出《詩經．大序》後用以指男女交往應有的規範。

※54中男：十八至二十二歲的男子。

※55鄉愿：外貌忠厚老實，討人喜歡，實際上卻不能明辨是非的人。「愿」文獻異文作「原」。《論語．陽貨》：「子曰：『鄉原，德之賊也。』」語譯：鄉愿，是殘害德行的人。

已竟撲鼻。只見那女子接過茶來，漱了一回口，又漱一回，都吐向炕池之內去，笑道：「今日無端談到道學先生※56，令我腐臭之氣，霑污牙齒，此後只許談風月矣。」子平連聲諾諾，卻端起茶碗，呷了一口，覺得清爽異常，嚥下喉去，覺得一直清到胃脘※57裡，那舌根左右，津液汩汩價翻上來，又香又甜，連喝兩口，似乎那香氣又從口中反竄到鼻子上去，說不出來的好受，問道：「這是什麼茶葉？為何這麼好吃？」

女子道：「茶葉也無甚出奇，不過本山上出的野茶，所以味是厚的。卻虧了這水，是汲的東山頂上的泉。泉水的味，愈高愈美。又是用松花作柴，沙瓶煎的。三合其美，所以好了。尊處吃的都是外間賣的茶葉，無非種茶，其味必薄；又加以水火俱不得法，味道自然差的。」

只聽窗外有人喊道：「璵姑，今日有佳客，怎不招呼我一聲？」女子聞聲，連忙立起，說：「龍叔，怎樣這時候會來？」說著，只見那人已經進來，著了一件深藍布百衲大棉襖，科頭※58，不束帶亦不著馬褂。有五十來歲光景，面如渥丹※59，鬚髯漆黑，見了子平，拱一拱手，說：「申先生，來了多時了？」子平道：「到有

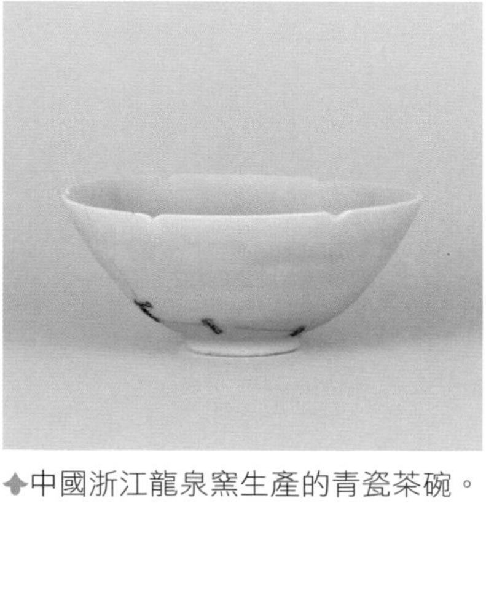

◆中國浙江龍泉窯生產的青瓷茶碗。

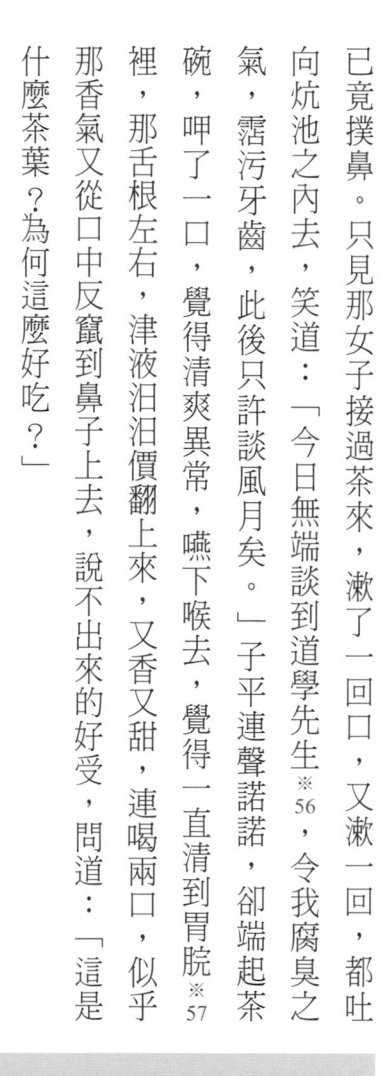

兩三個鐘頭了，請問先生貴姓？」那人道：「隱姓埋名，以黃龍子為號。」子平說：「萬幸，萬幸！拜讀大作，已經許久。」女子道：「也上炕來坐罷。」黃龍子遂上炕，至炕桌裡面坐下，說：「璵姑，你說請我吃笋※60的呢。笋在何處？拿來我吃。」璵姑道：「前些時倒想挖去的，偶然忘記，被滕六公佔去了。龍叔要吃，自去找滕六公商量罷。」黃龍子仰天大笑。

子平向女子道：「不敢冒犯，這『璵姑』二字想必是大名罷？」女子道：「小名叫仲璵，家姊叫伯璠，故叔伯輩皆自小喊慣的。」

黃龍子向子平道：「申先生困不困？如其不困，今夜良會，可以不必早睡，明天遲遲起來最好。柏樹峪地方，路極險峻，很不好走。又有這場大雪，路影看不清楚，跌下去有性命之憂。劉仁甫今天晚上檢點行李，大約明日午牌※61時候，可以

註

※56道學先生：俗稱古板不知變通的讀書人。
※57胃脘：容受食物的臟腑。脘，讀作「晚」。
※58科頭：泛指不戴帽子。
※59渥丹：有光澤的朱砂。形容潤澤鮮豔的紅色。
※60笋：同今筍字，是筍的異體字。
※61午牌：中午。

到集上關帝廟。你明天用過早飯動身，正好相遇了。」子平聽說大喜，說道：「今日得遇諸仙，三生有幸。請教上仙誕降之辰，還是在唐在宋？」黃龍子又大笑道：「何以知之？」答：「尊作明說『回首滄桑五百年』，可知斷不止五六百歲了。」黃龍子道：「『盡信書，則不如無書。』※62此鄙人之遊戲筆墨耳。公直當《桃花源記》※63讀可矣。」就舉起茶杯，品那新茶。

璵姑見子平杯內茶已將盡，就持小茶壺代為斟滿。子平連連欠身道：「不敢。」亦舉起杯來詳細品量。卻聽窗外遠遠唔了一聲，那窗紙微覺颯颯價動，屋塵簌簌價落。想起方才路上光景，不覺毛骨

《桃花源記》畫，約繪於16世紀。

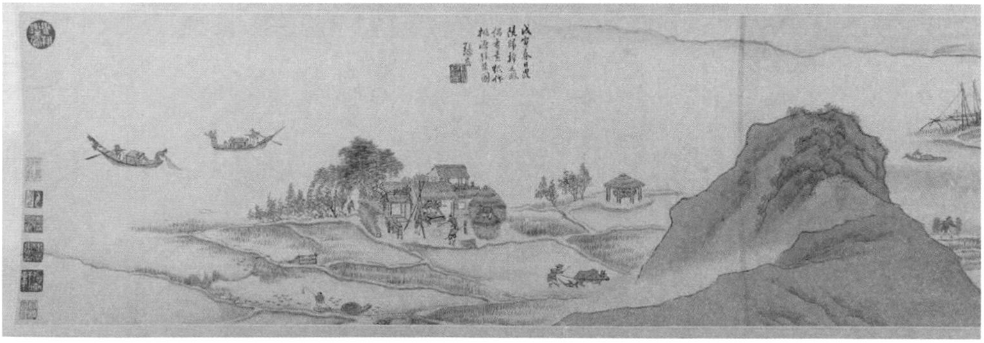

《桃源勝概圖》，明末清初張宏繪。

森竦，勃然色變。黃龍子道：「這是虎嘯，不要緊的。山家看著此種物事，如你們城市中人看騾馬一樣，雖知他會踢人，卻不怕他。因為相習已久，知他傷人也不是常有的事。山上人與虎相習，尋常人固避虎，虎也避人，故傷害人也不是常有的事，不必怕他。」

子平道：「聽這聲音，離此尚遠，何以窗紙竟會震動，屋塵竟會下落呢？」黃龍子道：「這就叫做虎威。因四面皆山，故氣常聚，一聲虎嘯，四山皆應。在虎左右二、三十里，皆是這樣。虎若到了平原，就無這威勢了。所以古人說，龍若離水，虎若離山，便要受人狎侮的。即如朝廷裡做官的人，無論為了甚麼難，受了甚麼氣，只是回家來對著老婆孩子發發標※64，在外邊決不敢發半句硬話，也是不敢離了那個官。同那虎不敢去山，龍不敢失水的道理，是一樣的。」

註

※62盡信書，則不如無書：語本《孟子．盡心下》：「盡信書，則不如無書。」後指讀書不可拘泥於書上所載，一味盲從。

※63《桃花源記》：晉代陶淵明所作桃花源詩前的記文。講述一個漁夫捕魚時，誤入桃花源，此處的居民先祖，原是爲了躲避秦亂世的居所，後來在此安居樂業，居民與世隔絕，自得其樂。

※64發標：蠻不講理的發脾氣。

子平連連點頭，說：「不錯，是的。只是我還不明白，虎在山裡，為何就有這大的威勢，是何道理呢？」黃龍子道：「你沒有念過《千字文》麼？這就是『空谷傳聲，虛堂習聽』※65的道理。虛堂就是個小空谷，空谷就是個大虛堂。你在這門外放個大爆竹，要響好半天呢！所以山城的雷，比平原的響好幾倍，也是這個道理。」說完，轉過頭來，對女子道：「璵姑，我多日不聽你彈琴了，今日難得有嘉客在此，何妨取來彈一曲，連我也沾光聽一回。」

璵姑道：「龍叔，這是何苦來！我那琴如何彈得，惹人家笑話！申公在省城裡，彈好琴的多著呢，何必聽我們這個鄉裡迓鼓※66！倒是我去取瑟來，龍叔鼓一調瑟罷，還稀罕點兒。」黃龍子說：「也罷，也罷！就是我鼓瑟，你鼓琴罷。搬來搬去，也很費事，不如竟到你洞房※67裡去彈罷！好在山家女兒，比不得衙門裡小姐，房屋是不准人到的。」說罷，便走下炕來，穿了鞋子，持了燭，對子平揮手說：「請裡面去坐，璵姑引路。」

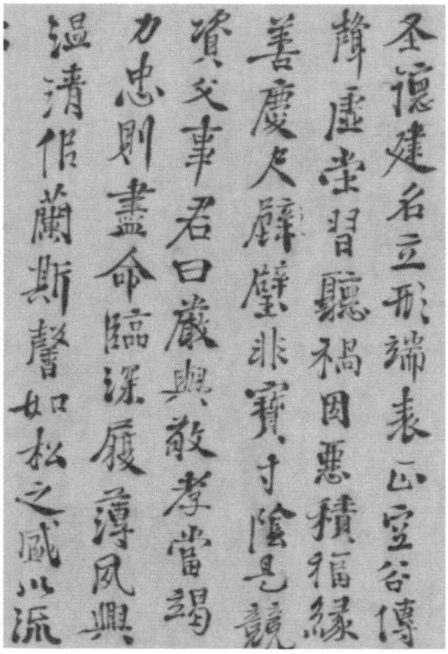

明文學家徐渭行楷書《千字文》。

璵姑果然下了炕，接燭先走，子平第二，黃龍子第三。走過中堂，揭開了門簾，進到裡間。是上下兩個榻，上榻設了衾[68]枕，下榻堆積著書畫。朝東一個窗戶，窗下一張方桌。上榻面前有個小門。璵姑對子平道：「這就是家父的臥室。」進了榻旁小門，彷彿迴廊似的，卻有窗軒，地下駕空鋪的木板。向北一轉，又向東一轉，朝北朝東俱有玻璃窗。北窗看著離山很近，一片峭壁，穿空而上，朝下看，像甚深似的。正要前進，只聽砰硼霍落幾聲，彷彿山倒下來價響，腳下震震搖動，子平嚇得魂不附體。

未知後事如何，且聽下回分解。

註

※65空谷傳聲，虛堂習聽：在空曠的山谷中發出聲響，便能聽到回聲。南朝梁・周興嗣《千字文》：「空谷傳聲，虛堂習聽。」

※66迓鼓：亦作「訝鼓」。一種鄉村迎神賽會所扮演的雜戲。迓，讀作「訝」。

※67洞房：深邃的內室。

※68衾：衾，讀作「親」，被子。

第十回　驪龍雙珠光照琴瑟　犀牛一角聲叶[※1]箜篌[※2]

話說子平聽得天崩地塌價一聲，腳下震震搖動，嚇得魂不附體，怕是山倒下來。黃龍子在身後說道：「不怕的。這是山上的凍雪被泉水漱空了，滾下一大塊來，夾冰夾雪，所以有這大的聲音。」說著，又朝向北一轉，便是一個洞門。

這洞不過有兩間房大，朝外半截窗臺，上面安著窗戶。其餘三面俱斬平雪白，頂是圓的，像城門洞的樣子。洞裡陳設甚簡，有幾張樹根的坐具，卻是七大八小的不勻，又都是磨得絹光。几案也全是古籐天生的，不方不圓，隨勢製成。東壁橫了一張枯槎[※3]獨睡榻子，設著衾枕。榻旁放了兩三個黃竹箱子，想必是盛衣服什物的了。洞內並無燈燭，北牆上嵌了兩個滴圓夜明珠，有巴斗大小，光色發紅，不甚光亮。地下鋪著地毯，甚厚軟，微覺有聲。榻北立了一個曲尺形書架，

一張19世紀的狼素描畫。

放了許多書，都是草訂，不曾切過書頭的。雙夜明珠中間挂了幾件樂器，有兩張瑟，兩張琴，是認得的；還有些不認得的。

璵姑到得洞裡，將燭臺吹息，放在窗戶臺上。方才坐下，只聽外面唔唔價七八聲，接連又許多聲，窗紙卻不震動。子平說道：「這山裡怎樣這麼多的虎？」璵姑笑道：「鄉裡人進城，樣樣不識得，被人家笑話；你城裡人下鄉，卻也是樣樣不識得，恐怕也有人笑你。」子平道：「你聽，外面唔唔價叫的，不是虎嗎？」璵姑說：「這是狼嗥，虎那有這麼多呢？虎的聲音長，狼的聲音短，所以虎名為『嘯』，狼名為『嗥』。古人下字眼都是有斟酌的。」

黃龍子移了兩張小長几，摘下一張琴、一張瑟來。璵姑也移了三張凳子，讓子平坐了一張。彼此調了一調絃，同黃龍子各坐了一張凳子。絃已調好，璵姑與黃龍子商酌了兩句，就彈起來了。初起不過輕挑漫剔※4，聲響悠柔，一段以後，散泛

註

※1叶：「協」的異體字。協，共同合作之意。
※2箜篌：彈撥樂器的一種，類似今之西洋的豎琴。
※3枯槎：乾枯的樹枝。槎，樹枝。讀作「查」。
※4輕挑漫剔：挑、剔與下文的吟、揉、勾、挑、批、拂，都是彈奏琴瑟的指法。

相錯，其聲清脆；兩段以後，吟揉漸多。那瑟之勾挑夾縫中，與琴之綽注※5相應，粗聽若彈琴鼓瑟，各自為調，細聽則如珠鳥一雙，此唱彼和，問來答往。四五段以後，吟揉漸少，雜以批拂、蒼蒼涼涼，磊磊落落，下指甚重，聲韻繁興。六七八段，間以曼衍※6，愈轉愈清，其調愈逸。

子平本會彈十幾調琴，所以聽得入彀※7，因為瑟是未曾聽過，格外留神。那知瑟的妙用也在左手，看他右手發聲之後，那左手進退揉顫，其餘音也就隨著猗猗靡靡※8，真是聞所未聞。初聽還在算計他的指法、調頭，既而便耳中有音，目中無指。久之，耳目俱無，覺得自己的身體飄飄蕩蕩，如隨長風，浮沉於雲霞之際。久之又久，心身俱忘，如醉如夢。

於恍惚杳冥之中，錚鏦數聲，琴瑟俱息，乃通見聞，人亦警覺，欠身而起，說道：「此曲妙到極處！小子也曾學彈過兩年，見過許多高手。從前聽過孫琴秋先生彈琴，有《漢宮秋》※9一曲，以為絕非凡響，與世俗的不同。不想今日得聞此曲，又高出孫君《漢宮秋》數倍。請教叫什麼曲名？有譜沒有？」璵姑道：「此曲名叫

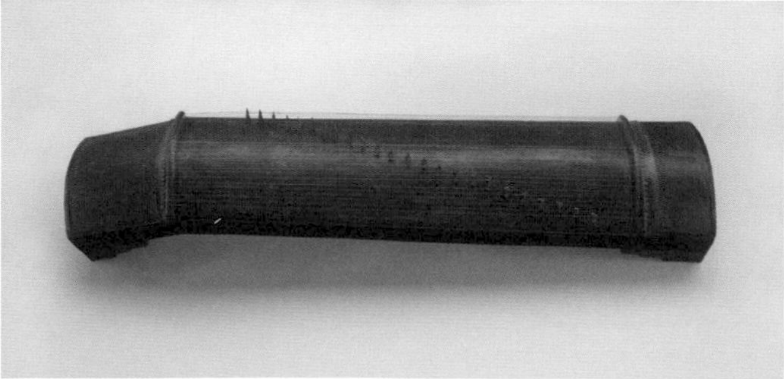

清朝的瑟。

《海水天風之曲》，是從來沒有譜的。不但此曲為塵世所無，即此彈法亦山中古調，非外人所知。你們所彈的皆是一人之曲，如兩人同彈此曲，則彼此宮商皆合而為一。如彼宮，此亦必宮；彼商，此亦必商，斷不敢為羽為徵。即使三四人同鼓，也是這樣，實是同奏，並非合奏。我們所彈的曲子，一人彈與兩人彈，迥乎不同。一人彈的，名『自成之曲』；兩人彈，則為『合成之曲』。所以此宮彼商，彼角此羽，相協而不相同。聖人所謂『君子和而不同』※10，就是這個道理。『和』之一字，後人誤會久矣。」

註

※5綽注：音調的急緩，相當於今之所言的節奏、節拍。
※6曼衍：綿延不絕。此處作變化。
※7入彀：原指科舉考試及格，此處指專注聆聽音樂，心無旁騖的意思。彀，讀作「購」。
※8猗猗靡靡：相隨的樣子。
※9漢宮秋：樂曲名。相傳曹大家失寵於漢成帝後，於長信宮侍奉太后，爲表心中悲悽無奈之情所作。曲風如泣如訴，哀怨動人，是歷代琴家所鍾愛的樂曲。
※10君子和而不同：出自《論語．子路》：「子曰：『君子和而不同，小人同而不和。』」語譯：「孔子說：『君子能包容對方的不同見解，但仍會堅持自己的觀點，不會隨便贊同他人的觀點；小人沒有自己的立場，如牆頭草一樣搖擺不定，很容易就認同別人的觀點，但無法與人和諧相處。』」此處借這句話來論音樂之道，此處的「和」當解作聲音相應。

當時璵姑立起身來，向西壁有個小門，開了門，對著大聲喊了幾句，不知甚話，聽不清楚。看黃龍子亦立起身，將琴瑟懸在壁上。

子平於是也立起，走到壁間，仔細看那夜明珠到底甚麼樣子，以便回去誇耀於人。及走至珠下，伸手一摸，那夜明珠卻甚熱，有些烙手，心裡詫異道：「這是甚麼道理呢？」看黃龍子琴瑟已俱掛好，即問道：「先生，這是什麼？」笑答道：「驪龍※11之珠，你不認得嗎？」問：「驪珠怎樣會熱呢？」答：「這是火龍所吐的珠，自然熱的。」子平說：「火龍珠那得如此一樣大的一對呢？雖說是火龍，難道永遠這麼熱麼？」笑答道：「然則我說的話，先生有不信的意思了。既不信，我就把這熱的道理開給你看。」說著，便向那夜明珠的旁邊有個小銅鼻子一拔，那珠子便像一扇門似的張開來了。原來是個珠殼，裡面是很深的油池，當中用棉花線捲的個燈心，外面用千層紙做的個燈箭※12，上面有個小煙囪，從壁子上出去，上頭有許多的黑煙，同洋燈的道理一樣，卻不及洋燈精緻，所以

漁夫想從驪龍的下面拿取一顆珍珠。此為1921年出版之英文版《中國童話》插圖，由美國插畫家George W. Hood所畫。

不免有黑煙上去。看過也就笑了。再看那珠殼，原來是用大螺蚌殼磨出來的，所以也不及洋燈光亮。

子平道：「與其如此，何不買個洋燈，豈不省事呢？」黃龍子道：「這山裡那有洋貨鋪呢？這油就是前山出的，與你們點的洋油是一樣物件。只是我們不會製造，所以總嫌他濁，光也不足，所以把他嵌在壁子裡頭。」說過便將珠殼關好，依舊是兩個夜明珠。

子平又問：「這地毯是什麼做的呢？」答：「俗名叫做『蓑草』。因為可以做蓑衣用，故名。將這蓑草半枯時，採來晾乾，劈成細絲，和麻織成的。這就是璵姑的手工。山地多潮濕，所以先用雲母鋪了，再加上這蓑毯，人就不受病了。這壁上也是雲母粉和著紅色膠泥塗的，既禦潮濕，又避寒氣，卻比你們所用的石灰好得多呢。」

註

※11驪龍：中國傳說中的黑龍。典故參見《莊子．列禦寇》：「夫千金之珠，必在九重之淵而驪龍頷下，子能得珠者，必遭其睡也。」語譯：價值千金的寶珠，一定是在九重深淵之中黑龍的下巴底下，你能拿到這顆珠子，一定是正好遇到黑龍睡著了。驪，讀作「離」。

※12筩：讀作「統」。桶狀器具。

子平又看，壁上懸著一物，像似彈棉花的弓，卻安了無數的弦，知道必是樂器，就問：「叫甚名字？」黃龍子道：「名叫『箜篌』。」用手撥撥，也不甚響，說道：「我們從小讀詩，題目裡就有《箜篌引》※13，卻不知道是這樣子。請先生彈兩聲，以廣見聞，何如？」黃龍子道：「單彈沒有什麼意味。我看時候何如，再請一個客來，就行了。」走至窗前，朝外一看月光，說：「此刻不過亥正※14，恐怕桑家姊妹還沒有睡呢，去請一請看。」遂向璵姑道：「申公要聽箜篌，不知桑家阿扈能來不能？」璵姑道：「蒼頭送茶來，我叫他去問聲看。」於是又各坐下。蒼頭捧了一個小紅泥爐子，外一個水瓶子，一個小茶壺，幾個小茶杯，安置在矮腳几上。璵姑說：「你到桑家，問扈姑、勝姑能來不能。」蒼頭諾聲去了。

此時三人在靠窗個梅花几旁坐著。子平靠窗臺甚近，璵姑取茶布與二人，大家靜坐吃茶。子平看窗臺上有幾本書，取來一看，面子上題了四個大字，曰「此中人語」。揭開來看，也有詩，也有文，惟長短句子的歌謠最多，俱是手錄，字跡娟好。看了幾首，都不甚懂。偶然翻得一本，中有張花

清畫家仇英《漢宮春曉》中的箜篌。

箋，寫著四首四言詩，是個單張子，想要抄下，便向瑱姑道：「這紙我想抄去，可以不可以？」瑱姑拿過去看了看，說：「你喜歡，拿去就是了。」

子平接過來，再細看，上寫道：

〈銀鼠諺〉※15

東山乳虎※16，迎門當戶；明年食麝，悲生齊魯。——一解

殘骸狼籍，乳虎乏食；飛騰上天，立豕※17當國。——二解

註

※13 箜篌引：漢樂府曲，屬相和歌辭。

※14 亥正：晚上十點鐘。

※15〈銀鼠諺〉：指的是清光緒二十六年（西元一九〇〇年）的庚子事件，義和團起事，仇殺外人，引起英、俄、法、德、美、日、義、奧八國共組聯軍，攻陷北京的事情。銀，在天干中，西方之位屬庚辛金，白色，指白金，白金即指銀；鼠，在地支配合十二生肖，是子鼠。故，銀鼠，影射「庚子」事件。

※16 乳虎：指毓賢（即書中的玉賢），號佐臣，生卒年不詳，清滿州正黃旗人。光緒間任山東巡撫，極力排斥外教，獎勵即義和團。後因教案屢起，調職山西（故歌謠中說「雄據山西」，指的就是此事），自稱義和團統領，妄殺教士教民，爲清廷招致庚子八國聯軍之禍，開議和約時，外人堅請嚴懲禍首，遂伏誅。

※17 立豕：指剛毅（西元一八三七至一九〇〇年），字子良，他他拉氏，滿洲鑲藍旗人，晚清大臣。支持義和團對抗八國聯軍。

乳虎斑斑，雄據西山；亞當孫子，橫被摧殘。——三解

四鄰震怒，天眷西顧；斃豕殪虎※18，黎民安堵。——四解

子平看了又看，說道：「這詩彷彿古歌謠，其中必有事蹟，請教一二。」黃龍子道：「既叫做『此中人語』，必不能『為外人道』※19可知矣。閣下靜候數年便會知悉。」璵姑道：「『乳虎』就是你們玉太尊，其餘你慢慢的揣摹，也是可以知道的。」

子平會意，也就不往下問了。其時遠遠聽有笑語聲。一息工夫，只聽迴廊上格登格登，有許多腳步兒響，頃刻已經到了面前。蒼頭先進，說：「桑家姑娘來了。」黃、璵皆接上前去。子平亦起身植立。只見前面的一個約有二十歲上下，著的是紫花襖子，紫地黃花，下著燕尾青的裙子，頭上倒梳雲髻※20，挽了個墜馬妝※21；後面的一個約有十三四歲，著了個翠藍襖子，紅地白花的褲子，頭上正中挽了髻子，插了個慈菇葉子似的一枝翠花，走一步顫巍

《老殘遊記》中酷吏玉賢暗指的清末酷吏毓賢，圖為山西巡撫毓賢像。

巍的。進來彼此讓了坐。

璵姑介紹，先說：「這是城武縣申老父臺的令弟，今日趕不上集店，在此借宿，適值龍叔也來，彼此談得高興，申公要聽箜篌，所以有勞兩位芳駕。攪破清睡，罪過得很！」兩人齊道：「豈敢，豈敢。只是下里之音※22，不堪入耳。」黃龍子說：「也無庸過謙了。」

璵姑隨又指著年長著紫衣的，對子平道：「這位是扈姑姐姐。」指著年幼著翠衣的道：「這位是勝姑妹子。都住在我們這緊鄰，平常最相得的。」

子平又說了兩句客氣的套話，卻看那扈姑，豐頰長眉，眼如銀杏，口輔雙渦，脣紅齒白。於豔麗之中，有股英俊之氣；那勝姑幽秀俊俏，眉目清爽。蒼頭進前，取水瓶，將茶壺注滿，將清水注入茶瓶，即退出去。璵姑取了兩個盞子，各敬了

註

※18 甇豕殪虎：指剛毅之死和毓賢伏誅。

※19 此中人語、爲外人道：出自陶淵明〈桃花源記〉：「此中人與云：不足爲外人道也。」這句話意思是：住在桃花源裡的人告訴漁夫，要他不要對外面的人提起桃花源的事情。

※20 雲髻：女子盤捲如雲的髮髻。

※21 墜馬妝：將頭髮斜綰在一邊的髮髻，如同騎馬墜落之態，故名。

※22 下里之音：鄉野，偏遠地方的音樂，此爲自謙之詞，意思是說自己的琴技低劣，上不了檯面。

茶。黃龍子說：「天已不早了，請起手罷。」

璵姑於是取了箜篌，遞給扈姑，扈姑不肯接手，說道：「我彈箜篌，不及璵妹。我卻帶了一枝角來，勝妹也帶得鈴來了，不如竟是璵妹彈箜篌，我吹角，勝妹搖鈴，豈不大妙？」黃龍子道：「甚善，甚善。就是這麼辦！」扈姑又道：「龍叔做什麼呢？」黃龍子道：「我管聽。」扈姑道：「不害臊，稀罕你聽！龍吟虎嘯，你就吟罷。」黃龍子道：「水龍才會吟呢，我這個田裡的龍，只會潛而不用※23。」璵姑說：「有了法子了。即將箜篌放下，跑到靠壁几上，取過一架特磬※24來，放在黃龍子面前，說：「你就半嘯半擊磬，幫襯幫襯音節罷。」

扈姑遂從襟底取出一枝角來，光彩奪目，如元玉※25一般，先緩緩的吹起。原來這角上面有個吹孔，旁邊有六七個小孔，手指可以按放，亦復有宮、商、徵、羽，不似巡街兵吹的海螺只是嗚嗚價叫。聽那角聲，吹得嗚咽頓挫，其聲悲壯。

當時璵姑已將箜篌取在膝上，將弦調好，聽那角聲的節奏。勝姑將小鈴取出，左手撳※26了四個，右手撳了三個，亦凝神看著扈姑。只見扈姑角聲一闋將終，勝姑便將兩手七鈴同時取起，商商價亂

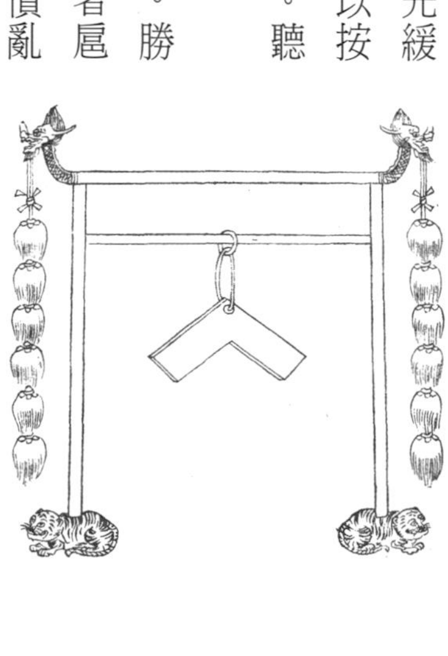

✦中國古代樂器的磬，出自《古今圖書集成》。

搖。

鈴起之時，璵姑已將箜篌舉起，蒼蒼涼涼，緊鉤漫摘，連批帶拂。鈴聲已止，箜篌丁東※27斷續，與角聲相和，如狂風吹沙，屋瓦欲震。那七個鈴便不一齊都響，亦復參差錯落，應機赴節。

這時黃龍子隱几※28仰天，撮脣齊口，發嘯相和。爾時，喉聲、角聲、絃聲、鈴聲俱分辨不出。耳中但聽得風聲、水聲、人馬躄踏聲、旌旗熠耀※29聲、干戈擊

註

※23這個田裡的龍，只會潛而不用：出自《易經．乾卦．初九》：「潛龍勿用」與《易經．乾卦．九二》：「見龍在田」。「潛龍勿用」：蛟龍隱藏蟄伏，不爲世所知。比喻賢才遭埋沒，不受重用。「見龍在田」：龍出現在田野，有利於賢能之士出來施展其抱負。這裡是取「潛龍勿用」的意思。

※24特磬：古代的一種打擊樂器。原爲石製，後改爲碧玉，一曲尺形狀的薄片，懸掛在冂字型的架子上。

※25元玉：即玄玉，黑色的玉。爲了避康熙（玄燁）的諱，才將「玄」改成「元」。

※26揿：用手按。讀作「沁」。

※27丁東：擬聲詞。形容佩玉撞擊聲或風鈴聲等。

※28隱几：倚靠几案。

※29熠耀：光亮鮮明的樣子。熠，讀作「億」。

軋聲、金鼓薄伐聲。約有半小時，黃龍子舉起磬擊子來，在磬上鏗鏗鏘鏘的亂擊，協律諧聲，乘虛蹈隙。其時箜篌漸稀，角聲漸低，惟餘清磬，錚鏦未已。少息，勝姑起立，兩手筆直，亂鈴再搖，眾樂皆息。子平起立拱手道：「有勞諸位，感戴之至。」眾人俱道：「見笑了。」子平道：「請教這曲叫什麼名頭，何以頗有殺伐之聲？」黃龍子道：「這曲叫《枯桑引》又名《胡馬嘶風曲》※30，乃軍陣樂也。凡箜篌所奏，無和平之音，多半淒清悲壯。其至急者，可令人泣下。」

談心之頃，各人已將樂器送還原位，復行坐下。扈姑對璵姑道：「璠姊怎樣多日未歸？」璵姑道：「大姐姐因外甥子不舒服，鬧了兩個多月了，所以不曾來得。」勝姑說：「小外甥子甚麼病？怎麼不趕緊治呢？」璵姑道：「可不是麼？小孩子淘氣，治好了，他就亂吃，所以又發，已經發了兩次了。何嘗

◆耳中但聽得風聲、水聲、人馬躞踏聲、旌旗熠耀聲、干戈擊軋聲、金鼓薄伐聲。（圖片來源：民國石印本《老殘遊記》，陸子常繪）

不替他治呢。」又說了許多家常話，遂立起身來，告辭去了。子平也立起身來，對黃龍子說：「我們也前面坐罷，此刻怕有子正※31的光景，璵姑娘也要睡了。」

說著，同向前面來，仍從迴廊行走。只是窗上已無月光。窗外峭壁，上半截雪白爍亮，下半截已經烏黑，是十三日的月亮，已經大歪西了。走至東房，璵姑道：「二位就在此地坐罷，我送扈、勝姐姐出去。」到了堂屋，扈、勝也說：「不用送了，我們也帶了個蒼頭來，在前面呢。」聽他們又喁喁噥噥了好久，璵姑方回。黃龍子說：「你也回罷，我還坐一刻呢。」璵姑也就告辭回洞，說：「申先生就在榻上睡罷，失陪了。」

璵姑去後，黃龍子道：「劉仁甫卻是個好人，然其病在過真，處山林有餘，處城市恐不能久。大約一年的緣分，你們是有的。過此一年之後，局面又要變動了。」子平問：「一年之後是甚麼光景？」答：「小有變動。五年之後，風潮漸

註

※30胡馬嘶風曲：此處指戰歌、軍樂一類的曲子。宋代詞人時彥《青門飲•胡馬嘶風》，中有「胡馬嘶風。漢旗翻雪」之句，意思是說：胡馬在寒風中嘶鳴，軍旗在風雪中飄動。這闋詞寫的是作者遠在邊塞行軍，懷念故鄉愛人的作品。

※31子正：晚上十二點至第二天的凌晨一點。

起；十年之後，局面就大不同了。」子平問：「是好是壞呢？」答：「自然是壞。然壞即是好，好即是壞；非壞不好，非好不壞。」子平道：「這話我真正不懂了。好就是好，壞就是壞。像先生這種說法，豈不是好壞不分了嗎？務請指示一二。不才往常見人讀佛經，什麼『色即是空，空即是色』※32，這種無理之口頭禪，常覺得頭昏腦悶。今日遇見先生，以為如撥雲霧見了青天，不想又說出這套懵懂話來，豈不令人悶煞？」

黃龍子道：「我且問你，這個月亮，十五就明了，三十就暗了，上弦下弦就明暗各半了，那初三、四裡的月亮只有一牙，請問他怎麼便會慢慢地長滿了呢？十五以後怎麼慢慢地又會爛掉了呢？」子平道：「這個理容易明白，因為月球本來無光，受太陽的光，所以朝太陽的半個是明的，背太陽的半個是暗的。初三、四，月身斜對太陽，所以人眼看見的正是三分明，七分暗，就像一牙似的；其實月球並無分別，只是半個明、半個暗，盈虧圓缺，都是人眼睛現出來的景相，與月球毫不相干。」

黃龍子道：「你既明白這個道理，應須知道好即是壞，壞即

✦清畫家高其佩筆下的月亮。

是好，同那月球的明暗，是一個道理。」子平道：「這個道理實不能同。月球雖無圓缺，實有明暗。因永遠是半個明的，半個暗的，所以明的半邊朝人，人就說月圓了；暗的半邊朝人，人就說月黑了。初八、二十三，人正對他側面，所以覺得半明半暗，就叫做上弦、下弦。因人所看的方面不同，喚做個盈虧圓缺。若在二十八、九，月亮全黑的時候，人若能飛到月球上邊去看，自然仍是明的。這就是明暗的道理，我們都懂得的。然究竟半個明的，半個暗的，是一定不移的道理。半個明的終久是明，半個暗的終久是暗。若說暗即是明，明即是暗，理性總不能通。」

正說得高興，只聽背後有人道：「申先生，你錯了。」畢竟此人是誰，且聽下回分解。

註

※32色即是空，空即是色：佛教用語。出自《般若波羅蜜多心經》。空，即空性。指沒有實體的特性。色，指物質現象。空即是色指現象是空性的顯現。

參考書目

古籍注疏：

1. 李劉鶚原著、陸衣言編校《老殘遊記》（上海：上海文明書局，一九二六年八月出版）
2. 劉鶚原著、田素蘭校注《老殘遊記》（台北：三民書局，二〇二〇年十月三版一刷）
3. 劉鶚，《老殘遊記》（台南：世一文化事業股份有限公司，二〇二〇年十一月二版）
4. 王邦雄，《莊子內七篇・外秋水・雜天下的現代解讀》（台北：遠流出版社，二〇一三年五月）

電子工具書：

1.《教育部重編國語辭典修訂本》

https：//dict.revised.moe.edu.tw/

2.《教育部異體字字典》

https：//dict.variants.moe.edu.tw/variants/rbt/home.do

3.教育部《成語典》2020【基礎版】

https：//dict.idioms.moe.edu.tw/search.jsp?la=0

4.《佛光大辭典》

https：//www.fgs.org.tw/fgs_book/fgs_drser.aspx

國家圖書館出版品預行編目資料

老殘遊記. 一. 黑妞白妞/ 劉鶚原著 ; 曾珮琦編註. -- 初版. -- 臺中市 ：好讀, 2024.05

面；　公分. --（圖說經典 ; 48）

ISBN 978-986-178-709-1（平裝）

857.41　　112016819

好讀出版

圖說經典 48

老殘遊記一・【黑妞白妞】

【黑妞白妞】

原　　著／劉鶚
編　　註／曾珮琦
內頁繪圖／許承菱
總 編 輯／鄧茵茵
文字編輯／莊銘桓
封面設計／澤謙工作室
發 行 所／好讀出版有限公司
台中市407西屯區工業30路1號
台中市407西屯區大有街13號（編輯部） TEL：04-23157795
好讀出版部落格 http://howdo.morningstar.com.tw
好讀出版粉絲團 http://www.facebook.com/howdobooks
（如對本書編輯或內容有疑問，請來電或上粉絲團告訴我們）
法律顧問 陳思成律師

填寫線上讀者回函
獲得書訊與優惠卷

讀者服務專線／TEL：02-23672044 / 04-23595819#212
讀者傳真專線／FAX：02-23635741 / 04-23595493
讀者專用信箱／E-mail：service@morningstar.com.tw
網路書店／http : //www.morningstar.com.tw
郵政劃撥／15060393（知己圖書股份有限公司）
印刷／上好印刷股份有限公司
如有破損或裝訂錯誤，請寄回知己圖書更換

初版／西元2024年05月01日
定價：330元

Published by How-Do Publishing Co., Ltd.
2024 Printed in Taiwan

ISBN 978-986-178-709-1